UN REENCUENTRO APASIONADO

Maya alzó la cabeza y apartó la vista del hombre que venía siguiéndola y acosándola a preguntas. Lo vio avanzar hacia ella. El hombre llamaba a Maya por su nombre con un tono de gran familiaridad. Ella sintió que un escalofrio le recorría el espinazo y que su traicionero corazón le latía con más rapidez. Maya fingió una sonrisa lo mejor que pudo cuando Alex las alcanzó. Los siete años transcurridos lo habían tratado muy bien, pensó ella al examinarlo. Su cuerpo seguía bien definido, pero con más volumen, lo que daba a entender que había desarrollado su musculatura.

—Hola, Maya—dijo, y se inclinó hacia adelante para darle un beso de soslayo en la mejilla—Cuando leí el artículo en el periódico, supe que tenía que pasar por aquí. ¿Cómo estás?

Maya trató de permanecer imperturbable, pero el paso del tiempo no había logrado cambiar el contundente efecto que la presencia de Alex le provocaba en las entrañas, al hacerla recordar todo lo que antes significaban uno para otro. Al hacerla recordar que ningún otro hombre la había hecho jamás sentirse de semejante manera...

MEJOR QUE NUNCA

Caridad Scordato

Traducción por Ramón Soto

PINNACLE BOOKS
KENSINGTON PUBLISHING CORP
http://www.encantoromance.com

Para Samantha, mi pequeñita—
Eres me exito maximo. Ojalá el amor y la felicidad estarán contigo para siempre. Que podrás cantar a mis nietos nuestra canción de arrurru para que se duerman, y que podrás recordarte siempre que te quiero con todo my corazón.

tu mamacita

PINNACLE BOOKS son publicados por

Kensington Publishing Corp.
850 Third Avenue
New York, NY 10022

Traducción por Ramón Soto

Primera edición de Pinnacle: August 2000
10 9 8 7 6 5 4 3 2 1

CAPÍTULO 1

—Respira hondo. Aguanta la respiración. Ahora, cálmate —se dijo Maya a sí misma al tiempo que apoyaba la cabeza contra la fría superficie metálica del cubículo del baño.

—Mayita —la llamó Daisy—. Mayita, me hace falta que salgas, pronto —dijo Daisy en alta voz, mientras el rechinar de sus tacones puntiagudos hacía eco sobre las baldosas del suelo del baño público.

—Un momento, Daisy. En seguida salgo —le respondió Maya con tono débil. Abrió la puerta del cubículo y se encontró con la enojada mirada de Daisy. La mujer estaba parada junto al lavabo, con las manos apoyadas sobre sus curvilíneas caderas y golpeando irritadamente el suelo con uno de sus zapatos de tacón alto.

—No me mires así —le dijo Maya a su amiga y colega—. Sabes lo mal que me caen estas cosas.

Daisy puso los ojos en blanco y tomó a Maya de la mano para sacarla del baño. —¿Cuántas veces lo has hecho antes? ¿Un millón?

Maya volvió a respirar profundamente y retiró su mano de la de Daisy.

—No porque me hayas seleccionado para ser la portavoz, y no porque ya lo haya hecho no un millón de veces, sino unas cuantas...

—Unas cuantas, no; que yo sepa, han sido diez —respondió Daisy y se detuvo junto a la puerta del salón de exposiciones en el centro de convenciones. Se volvió para mirar a Maya, extendió una mano y le arregló el cuello de la camisa de seda a su amiga. Luego le alisó los hombros de su traje negro Ungaro—. Te ves fenomenal y lo harás muy bien. Siempre lo haces bien, Mayita. Por eso te escogimos a ti —le dijo Daisy con una sonrisa.

Maya sintió deseos de decirle a Daisy que no habían escogido a la persona adecuada para representar a su nueva y muy exitosa compañía. Entre todos ellos, la hermosa Daisy, quien tenía un cociente intelectual que se ubicaría entre el dos por ciento más elevado del país y le bastaría para dos doctorados, debió ser la escogida como portavoz de la compañía. Sin embargo, Daisy consideraba que pocas personas, en especial los hombres, la tomaban en serio debido a su apariencia y a su edad.

Con una estatura de un metro setenta y ocho y un cuerpo digno de salir en la portada de cualquier revista de trajes de baño, Daisy atraía la atención de la gente. Por si fuera poco, su rostro era igualmente bello. Su clara piel color café con leche era como un lienzo perfecto para sus exóticos ojos almendrados color de caramelo, su recta nariz de reina, con sólo una leve curvatura, y sus gruesos y sensuales labios que ella a menudo destacaba con un lápiz labial rojo brillante.

Las dos no podían ser más distintas, pensó Maya. Con su estatura de un metro sesenta y siete, Maya consideraba que era de altura y complexión promedio, con aspecto de muchacha común. Era una latina que podía representar más fácilmente a los suyos debido a su aspecto.

Los otros dos cofundadores de su compañía de alta tecnología eran un tipo melenudo con cara de surfista empedernido y un reservado fanático de las computadoras. Al público, por lo general, el primero le inspiraba poca fe y el segundo le parecía difícil de entender.

Aunque no le gustara la idea, fue por esos motivos que Maya se convirtió en la portavoz de su compañía, CellTech. Además, con los increíbles avances que sus colegas y ella habían logrado en la creación en el último año de un secuenciador de ADN prácticamente automatizado, Maya estaba en gran demanda.

Hablar ante los distintos grupos y en las convenciones nunca le había sido fácil. Como era relativamente tímida por naturaleza propia, había tenido que hacer acopio de determinación para dictar su primera conferencia. Después de sus primeras presentaciones, estaba un tanto mejor preparada para hacer frente a las multitudes y para responderles a sus preguntas. Pero hoy era distinto. Muy distinto. Sería la oradora principal en una reunión, lo cual requería más atención. Peor aun, la reunión era en Miami.

Hacía más de siete años que Maya no visitaba Miami. No había vuelto desde que fue con Alex para anunciarles su compromiso a sus padres. El compromiso no duró mucho, recordó ella con tristeza. Antes de que terminara el verano, Alex y ella habían tomado cada uno su camino, pero no sin antes pasar dos gloriosas semanas juntos en Miami. Los recuerdos de Alex y del tiempo que habían pasado juntos eran lo que le hacía más difícil enfrentar la tarea de ese día.

Al entrar en el salón detrás de Daisy, se preguntó si Alex viviría ahora en Miami. Si estaría casado y tendría hijos. Si tal vez pensaba en ella de vez en cuando, de la misma manera en que ella pensaba en él. Como sucedía siempre, los pensamientos relacionados con Alex le hicieron sentir un calor que le recorría el cuerpo y le aceleraron un poco los latidos del corazón. Él siempre había tenido ese efecto sobre ella, pues le hacía reconocer una faceta de su personalidad que ella solía mantener oculta por debajo de una aura de eficiencia y de organización—una faceta ya llevada escondida siete largos años.

Entre su doctorado y la creación de la compañía, ella nunca había tenido mucho tiempo para los interludios románticos. Además, los pocos hombres con quienes había estado algún tiempo eran confiables y predecibles. Nunca la conmovieron de la manera en que lo había hecho Alex. Entonces, durante aproximadamente los dos últimos años, ella se había aislado en su laboratorio con sus colegas, para encontrar satisfacción en los desafíos de su trabajo y en la camaradería de sus compañeros. Y, por supuesto, en su familia—a sólo cuarenta minutos en la predominantemente cubana ciudad de Union City, Nueva Jersey. Periódicamente ella visitaba su hogar materno para llenarse del amor de sus padres. Como era su única hija, siempre podía contar con ellos para que la consintieran y la mimaran y la hicieran sentirse especial. Como Alex la había hecho sentirse...

Maya se preguntó por un instante cuán distinta habría sido su vida si Alex aún formara parte de ésta. Ella sacudió la cabeza para deshacerse de esos pensamientos caprichosos en el momento en que el presentador la llamaba. Subió a la tribuna, con las manos húmedas de sudor, la boca reseca. Las luces del salón eran intensas y le impedían ver los rostros de los espectadores. Eso era bueno, pues así ella no tendría que preguntarse si tal vez él formaba parte del grupo que escuchaba su discurso.

Asió fuertemente los bordes de la tribuna para detener el temblor que sentía en las manos, y comenzó.

"En mil ochocientos cuarenta y tres, un joven llamado Johann Gregor Mendel decidió hacerse monje y, poco tiempo después, comenzó a experimentar con diversas plantas en la huerta del monasterio. Los experimentos de hibridación de Mendel con el guisante común representaron, sin que él lo supiera, el comienzo de la ciencia de la genética.

"En febrero de mil novecientos cincuenta y tres, Watson y Crick anunciaron: 'hemos descubierto el secreto de la vida'. A través de ellos, vimos por primera vez la singular estructura de hélice doble del ADN, el cual constituye el elemento esencial de los genes. Armados con esos logros y otros similares en la biología molecular y la genética, en octubre de mil novecientos noventa se dio inicio oficialmente al Proyecto del Genoma Humano, que consiste en la gran aventura de trazar un mapa de la estructura de los genes que nos definen como seres humanos".

Maya hizo una pausa, extendió una mano a un vaso de agua que se encontraba al borde de la tribuna y tomó un sorbo, obligándose a deglutir el líquido y aliviar la sequedad que sentía en la boca. Volvió a colocar el vaso en su lugar y tomó un control remoto para pasar a la presentación computadorizada de vistas fijas e imágenes de vídeo que CellTech había producido. Se dio vuelta parcialmente, de modo que quedó mirando hacia un lado del escenario, y le hizo un gesto a un asistente de conferencias que redujo la intensidad de las luces mientras ella continuaba con su discurso.

Le relató sucintamente al público cómo ella y sus colegas se habían conocido mientras trabajaban en sus tesis de licenciatura. Describió el proceso de destilación que estaban investigando como posible método para eliminar los anticuerpos responsables de ciertas enfermedades autoinmunes del sistema nervioso. Se habían entusiasmado con las posibilidades del Proyecto del Genoma Humano y las terapias alternativas que se podrían descubrir a través de éste durante sus estudios de posgrado. Como hacían un buen equipo de trabajo, se habían unido en un proyecto independiente relacionado con la secuenciación de los genes mientras obtenían sus respectivos títulos de doctores de la universidad de Columbia.

Maya procedió a enumerar los títulos obtenidos por sus colegas y al final añadió modestamente su propio doctorado en biología molecular.

Luego explicó cómo sus colegas y ella habían decidido, después de graduarse, concentrar toda su atención en el proyecto, y habían obtenido subvenciones del Ministerio de Energía para ayudarlos en sus estudios. De ese modo pudieron crear un pequeño laboratorio en Newark, el cual fue trasladado posteriormente a instalaciones más grandes en Edison, Nueva Jersey.

Maya explicó cómo CellTech había logrado crear un conjunto automatizado capilar que se utilizaba para la electroforesis y un programa de computadora que les permitiera reconstruir el orden de los fragmentos de ADN después de la electroforesis, lo cual permitía crear mapas más detallados. De este modo, CellTech podría confeccionar modelos computadorizados de secuencias de genes para continuar con los experimentos y la verificación con mucha mayor rapidez que con los medios tradicionales.

CellTech había patentado el proceso que ahora muchos utilizaban en la práctica, y luego había procedido a utilizar el conjunto de secuenciadores para identificar con más facilidad en los genes los marcadores que definían la composición y los problemas genéticos. Sus pruebas y resultados iniciales habían producido tal conmoción, que una importante compañía farmacéutica de Nueva Jersey había firmado un contrato con CellTech para contribuir al perfeccionamiento del proceso y crear modelos de pruebas para detectar ciertas enfermedades genéticas.

"Actualmente, CellTech continúa sometiendo a prueba el proceso y tratar simplificar su aplicación", terminó Maya.

Se dio vuelta para quedar frente a frente al público y, al hacerlo notó desde la plataforma la sonrisa complacida de Daisy. Lo había hecho bien y ya casi había terminado. Después del corto período de preguntas y respuestas, Daisy y ella podrían regresar al hotel. Aunque el Hyatt se encontraba justo al lado del centro de convenciones, ellas habían optado por hospedarse en un hotel estilo arte deco más pequeño en la popular zona de South Beach, pues querían tener tiempo para solazarse y disfrutar de los lugares de Miami durante aquel poco común descanso de sus labores.

El salón volvió a iluminarse del todo, y durante los veinte minutos siguientes, Maya respondió a una pregunta tras otra del inquisitivo grupo de participantes. Por último—casi lamentándose de su anterior renuencia—se disculpó, le puso fin a su parte de la conferencia, y le devolvió el control de la tribuna al presentador, quien anunció el receso para el almuerzo y le agradeció a Maya por su participación.

Maya y Daisy se pusieron de pie, abandonaron el estrado y se encaminaron al pasillo, donde de inmediato las asedió un gran número de interesados participantes en la conferencia, quienes querían seguir haciéndoles preguntas. Maya respondió unas cuantas preguntas y miró a Daisy para tratar de escurrirse con ella de la multitud. A diferencia de Maya, Daisy no tenía reparos en satisfacer su voluntad.

—Quisiéramos seguir —dijo Daisy con tono agradable mientras le hacía gestos al grupo que las rodeaba para que hicieran silencio—. Pero no quisiéramos que dejaran pasar la hora de almuerzo y llegaran tarde a las presentaciones de los demás oradores que han tenido la bondad de participar en la conferencia. Pueden localizarnos en Nueva Jersey si tienen preguntas concretas relacionadas con CellTech. Nuestro número telefónico aparece en la guía de la conferencia.

Se oyeron gemidos de decepción y algunos de entre los más persistentes lograron entregarles sus tarjetas de presentación, pero Daisy tomó a Maya por el brazo y la sacó de en medio del gentío.

—Vamos, Mayita. En los próximos tres días las únicas distracciones para nosotras deben ser el sol, la arena y... —se detuvo y luego prosiguió con una grave carcajada—. Acostarse con un cubanito como aquél que viene para acá —bromeó por lo bajo para que sólo Maya pudiera escucharla.

Maya alzó la cabeza y apartó la vista del hombre que venía siguiéndola y acosándola a preguntas. Cuando miró en la misma dirección que Daisy, lo vio avanzar hacia ella. Se detuvo en seco y tiró del brazo de Daisy.

—Tenemos que irnos de aquí ahora mismo, por favor —insistió Maya, pero Daisy no se apresuró en reaccionar, pues era evidente que estaba concentrada en el apuesto caballero que las saludaba con un gesto. El hombre llamaba a Maya por su nombre con un tono de gran familiaridad. Maya sintió que un escalofrío le recorría el espinazo y que su traicionero corazón le latía con más rapidez.

—¿Conoces a ese hombre? —le preguntó Daisy, mirándola de reojo. Como no pudo menos que percatarse de su inquietud, se dio cuenta de quién era—. Ay, no, Mayita. Pobrecita.

—Carajo —siseó Maya entre dientes. Fingió una sonrisa lo mejor que pudo cuando Alex las alcanzó. Los siete años transcurridos lo habían tratado muy bien, pensó ella al examinarlo. Su cuerpo seguía bien definido, pero con más volumen, lo que daba a entender que había desarrollado su musculatura. Su cabello moreno estaba más largo, y lo llevaba peinado completamente hacia atrás. El triángulo que se le hacía en el nacimiento del cabello al centro de la frente le resaltaba los ojos—aquellos ojazos oscuros como el chocolate—que seguían expresando calidez y apenas los rodeaban unas pocas líneas en su tez levemente bronceada.

—Hola, Maya —dijo, y se inclinó hacia adelante para darle un beso de soslayo en la mejilla—. Cuando leí el artículo en el periódico, supe que tenía que pasar por aquí. ¿Cómo estás?

Maya trató de permanecer imperturbable, pero el paso del tiempo no había logrado cambiar el contundente efecto que la presencia de Alex le provocaba en las entrañas, al hacerla recordar todo lo que antes significaban uno para otro, al hacerla recordar que ningún otro hombre la había hecho jamás sentirse de semejante manera. Ni la había herido de semejante manera, se obligó ella a recordar antes de responder con toda calma:

—Bien, Alex. ¿Y tú?

Él trató de penetrar su cautelosa mirada, como buscando indicios de la Maya que hubiera conocido tan bien, pero sólo encontró desconfianza. El ligero sonrojo que le notó en las mejillas fue lo único que le indicó que ella no era tan inmune como pretendía parecer.

—Estoy bien, Mima —respondió él, usando el apodo que él mismo le había puesto, a fin de lograr cierto nivel de intimidad.

—¿Mima? —preguntó la esbelta morena que se encontraba junto a Maya, mientras arqueaba las cejas de sorpresa.

—Daisy, te presento a un antiguo...amigo —replicó Maya, titubeando evidentemente—, Alejandro Martínez. Ella es Daisy Ramos, mi socio y mi mejor amiga.

La morena no trató de estrechar la mano de Alex, sino que se limitó a asentir y observó a Maya con inquietud.

—Seguro que ustedes dos querrán tener un rato a...

—No —declaró Maya con énfasis, demostrando que no deseaba compartir con él, pero eso no fue suficiente para disuadir a Alex—. Comprendo que estás ocupada esta noche, Mima, pero esperaba que pudiéramos tomarnos unos tragos, o quizás salir a cenar en estos días. Nada del otro mundo. Daisy, tú también podrías venir con nosotros, por supuesto —terminó de decir, pues sentía que tendría que ganarse la aprobación de aquella amazona para llegar a Maya otra vez.

Daisy miró de uno a la otra y sacudió la cabeza.

—Creo que Maya y tú no deben contar conmigo, porque tengo otros planes.

—Y yo también estoy ocupada —agregó Maya—. Perdóname, Alex.

Alex asintió, hundió las manos en los bolsillos de sus pantalones y analizó a la mujer que tenía ante sí. Iba vestida impecablemente con un traje de diseñador que le realzaba sus curvas, las cuales se habían vuelto más esbeltas, pero seguían siendo atractivas. El maquillaje lo tenía a la perfección. Su oscuro cabello rojizo, heredado de algún abuelo español de origen celta, lo llevaba muy bien cortado y le destacaba su rostro en forma de corazón y sus ojos color esmeralda.

Alex recordó que antes ella tenía largo el cabello. Había sido una abundante y profusa cabellera que le tocaba el cuerpo a él con puntas de fuego rojo cuando hacían el amor. Sus ojos color esmeralda siempre se le ensanchaban y se le oscurecían—tan oscuros como él se imaginaba que se tornaría la selva tropical durante la noche, y con el mismo carácter salvaje y complejo, lleno de vida. Pero no esta vez. Ahora su mirada era cautelosa y reservada, y no lo dejaba entrar.

No, esta elegante profesional no se parecía en nada a la despreocupada muchachuela vestida de vaqueros que había sido su prometida. Una prometida, se recordó Alex a sí mismo, que él había rechazado tontamente en un instante de ira. Él lamentaba aquella acción hasta el día de hoy, y era evidente que Maya no la había olvidado ni perdonado.

—Yo también te pido perdón, Mima. Por todo, aunque me haya demorado siete años en decirlo.

Hurgó en el bolsillo de su chaqueta, extrajo una tarjeta de presentación y un bolígrafo, y anotó un teléfono por el dorso de la tarjeta. Se la alcanzó a Maya, quien la miró como si fuera una serpiente a punto de atacar. Alex siguió extendiéndole la tarjeta hasta que ella la tomó de golpe, y sus dedos rozaron los de él al tomarla. Maya guardó la tarjeta en su chaqueta sin siquiera echarle un vistazo.

Alex dudaba que ella lo llamara, pero de todos modos optó por despedirse de esa manera.

—Por si cambias de parecer —le dijo antes de darse vuelta y marcharse.

La quemazón que sentía en los dedos era traicionera, y le hacía recordar la suavidad de la piel de Alex contra la suya mientras ella le hacía el amor. Le hacía recordar que las manos de Alex, con aquellos dedos largos y firmes, habían hecho que un calor le recorriera el cuerpo sólo con aquel roce accidental al tomar ella la tarjeta. Maya echó la cabeza hacia atrás y lo vio marcharse, con sus conocidas zancadas que lo alejaron de ella hasta que no fue más que otra de las personas que atestaban los pasillos del centro de convenciones. Extrañamente, era como si no hubieran transcurrido siete años, pues el dolor que Maya sentía en el corazón seguía vivo, seguía atormentándola.

—Dios, Mayita —dijo Daisy con suavidad—. No me digas que ése era el hombre.

Maya suspiró pesadamente.

—Sí, ése era —le respondió y se encaminó por el pasillo hacia la salida, con lo que puso fin a la conversación.

CAPÍTULO 2

Daisy se apresuró a cambiarse de ropa, pues deseaba estar lista para cuando llegara su puntualísima amiga. Fiel a su palabra, Maya tocó a la puerta cuando Daisy se estaba poniendo las medias que usaba para que los patines no le lastimaran la parte de atrás de las pantorrillas. Las medias eran de color rojo cereza y hacían juego con su traje deportivo de una pieza y ceñido a la piel.

—No me apures, Mayita —respondió Daisy mientras se acercaba a la puerta saltando con un solo pie descalzo.

—La conejita impuntual —la importunó Maya al entrar. Daisy profirió un gemido y giró sobre su pie descalzo para regresar a una silla y terminar de vestirse—. Y el color que te distingue es el rojo, ¿no?

—Ajá. Me han dicho que me realza la piel —dijo Daisy. Terminó de ponerse las medias, se puso de pie y se examinó brevemente hasta que quedó satisfecha con el color del conjunto y con la manera en que le quedaba.

—Se te ve mucha piel, quizás demasiada —se quejó Maya, al percatarse de pronto de lo monótona y anticuada que se veía con su gastada camiseta Old Navy que le quedaba grande. La cubría por completo hasta el final de sus cortos pantalones negros de ciclista, de modo que le ocultaba el cuerpo como si fuera una monja con su hábito. No se había dado cuenta de lo holgada que le quedaba la camiseta. Había perdido peso durante el año debido a las largas horas de trabajo y a las veces que se le había olvidado comer o que apenas había comido.

—No todo el mundo puede ser... tan prudente como tú, Mayita —dijo Daisy. Ella recogió sus patines del suelo, se detuvo para comprobar que llevaba algún dinero en el pequeño monedero que iba pegado a uno de los patines, y se los puso debajo del brazo—. Claro que... cuando una es tan estricta y tan puritana, a veces es difícil... —Daisy hizo una pausa para destacar sus palabras, y levantó la vista al techo, dándose leves golpes con una larga y cuidada uña en sus labios pintados. Bajó la vista, miró fijamente a Maya y arqueó las cejas— ... salirse de la rutina y hacer algo atrevido.

A Maya no le cabía duda de lo que su amiga estaba tratando de hacer, pero no tenía ninguna intención de dejarse arrastrar por ese camino.

—Vayamos ahora a patinar por un buen rato y luego podemos seguir la conversación.

—No hay problema —le respondió Daisy y bajó los pocos escalones detrás de Maya. Pasaron por la recepción para preguntar si les habían enviado faxes o mensajes. Como no había nada para ellas, salieron a la acera de la calle Ocean Drive, cruzaron al otro lado y siguieron hasta el sendero del parque Lummus. Sentadas en un banco junto al bajo muro de concreto que separaba la playa del parque, se pusieron los patines y tomaron rumbo norte por el sendero.

—Bonito lugar, ¿no te parece? —comentó Daisy y señaló con un gesto a la cantidad de personas que deambulaban al otro lado de la calle frente a los hoteles arte deco y en el parque Lummus, preparándose para irse a casa después de haber pasado el día en la playa. Daisy acortó sus zancadas para ir al paso de Maya.

—Es especial. ¿Nunca antes habías venido? —Maya le echó una mirada a su amiga y apretó el paso con sus patines hasta que las dos se sincronizaron. Las ruedecillas de los patines producían una especie de zumbido contra la lisa superficie de hormigón del sendero.

—Soy puertorriqueña de Nueva York, Mayita. Mi familia está en Nueva York o en Puerto Rico —dijo con acento exagerado, pronunciando la erre con más intensidad de la necesaria—. Además, cuando era niña, no teníamos suficiente dinero para vacaciones. En el barrio, teníamos que conformarnos con abrir las bocas de incendios cuando hacía demasiado calor —

Daisy evitó chocar con un peatón distraído que se había interpuesto en su camino, y volvió a aminorar la marcha hasta que Maya la alcanzó—. ¿Y tú? ¿Habías venido antes?

Maya miró en derredor y recordó la South Beach que había visto por primera vez hacía siete años. En aquel entonces estaban revitalizando el lugar y no había tanta gente ni se veía tan bien mantenido. No se parecía en nada al lugar que ya algunos llamaban la Riviera norteamericana. —Era distinto —respondió escuetamente al recordar su último viaje a Miami con Alex.

—¿*Él* fue quicn te trajo? —le preguntó Daisy, exigiendo una respuesta con sus inquisitivos ojos pardos.

Como Maya conocía a Daisy desde hacía mucho tiempo, se daba cuenta de que su amiga no iba a reprimirse su curiosidad con respecto a Alex. Además, teniendo en cuenta las veces que ella había tenido que escuchar los relatos de sufrimiento de Daisy, quizás ahora le tocaba a Daisy hacer el papel de confesora y mostrarle conmiseración. Tal vez, al hacerlo, Maya lograría dejar tras de sí todo lo que había sucedido.

—Alex fue quien me trajo —reconoció mientras seguía patinando y disfrutando del sol y de la brisa marina de la tarde. Trataba con todas sus fuerzas de no permitir que la conversación le quitara su tranquilidad en aquel exquisito día en un maravilloso lugar. Quería saborear el calor del sol sobre su piel, el penetrante resquemo que la brisa marina le dejaba en la boca.

—Bueno, al fin me vas a contar sobre ese hombre del que te he oído hablar como cuatro o cinco veces en los siete años que hace que nos conocemos —dijo Daisy. Se inclinó hacia Maya, pero no sin antes lanzarle una sonrisa a un hombre apuesto y musculoso que avanzaba hacia ellas y que les sonrió atrevidamente en respuesta.

—Eres demasiado, ¿lo sabes? —se rió Maya y sacudió la cabeza—. ¿Es que nunca te cansas de los sufrimientos y de no poder librarte de ellos? —le preguntó Maya y echó un rápido vistazo al otro lado de la calle. Ya habían avanzado varias cuadras y sólo les quedaban seis o siete más hasta que se terminara el sendero.

—Nunca. Tarde o temprano, llegará mi príncipe —bromeó Daisy—. Bueno, cuéntame de ese antiguo novio.

—Mi ex prometido, para ser exacta —le aclaró Maya.

Daisy se detuvo abruptamente, lo cual obligó a Maya a detenerse a su vez.

—No sabía que habías llegado a una relación tan seria con nadie —Daisy hizo una pausa, en un instante de incertidumbre, pero luego prosiguió—. Debe haber sido difícil.

Maya apartó la vista de su amiga y miró hacia el mar de rostros que se movían por el sendero, buscándolo a él de la misma manera que lo había buscado durante mucho tiempo después de su ruptura. Fue duro no encontrarlo cuando lo buscaba. Fue duro que él no la encontrara a ella. El dolor se había demorado en alejarse. Y ella pensaba que ya había aprendido a controlarlo... hasta ahora. Comenzó a patinar otra vez, y esperó hasta que Daisy la alcanzara para continuar patinando.

—Nos conocimos en el primer año de la universidad —comenzó a decir Maya, tratando de darle a Daisy los detalles que le sirvieran para ponerlo todo en perspectiva—. En aquel entonces, había algunas muchachas en la especialidad de biología, pero eran más los muchachos. Era común que pasáramos mucho tiempo con los chicos en los grupos de estudio y en otras actividades. —Se encogió de hombros, respiró profundamente el aire marino y se percató de que el aroma del océano era denso y fuerte, de la misma manera que su romance con Alex había estado lleno de vida.

—Primero éramos amigos pero, para el segundo año, ya éramos amantes —ah, sí, sí que habían sido amantes. Aunque Alex a veces era demasiado serio, en la cama era divertido, aventurero y atento. Era muy disfrutable. Incluso después de pasarse horas estudiando y con las preocupaciones relacionadas con los estudios previos a la carrera de medicina, el aspecto físico de su relación siempre había sido una gran fuente de comodidad y solaz.

—Mayita —dijo Daisy mientras giraba sobre sus patines y chasqueaba los dedos frente al rostro de Maya, quien no se había dado cuenta de que había dejado de patinar—. Menudo amante que tiene que haber sido —añadió Daisy.

Maya se sonrojó. Estaba segura de que Daisy lo había notado, pero no había dicho nada, tal vez por respeto a su amistad. Una vez más, Maya volvió a ponerse a patinar, pensando que si seguían a ese paso nunca terminarían sus ejercicios.

—Nos comprometimos al comienzo de nuestro último año de estudios, y ahora me pregunto cómo podíamos ser tan ingenuos, o incluso estúpidos. Después de todo, la meta de ingresar en la facultad de medicina ya era suficientemente difícil. Y aun así...

Llegaron al final del sendero y continuaron hasta cruzar la calle y seguir por la avenida Collins, deslizándose una detrás de la otra por la acera. Había mucha gente en la acera, y ésta no era tan amplia como el sendero de la playa, por lo que sólo cuando llegaron a Lincoln Road y lograron alcanzar la amplia pasarela peatonal pudo Maya proseguir su relato.

—Éramos los mejores de nuestro grupo, con buenas puntuaciones. Nunca se nos ocurrió que tal vez no lograríamos ingresar en la facultad y mucho menos que tal vez tendríamos que ir a escuelas diferentes.

—Pero eso no fue lo que pasó —replicó Daisy. Había conocido a Maya cuando estaba estudiando su licenciatura en la universidad de Columbia, después del desastre de la facultad de medicina.

—No nos aceptaron en la facultad, y entonces fue que surgieron los problemas. Alex tenía parientes lejanos en México que estaban bien relacionados con la facultad de medicina de la universidad de Guadalajara. Pensó que deberíamos estudiar un semestre allí para probarnos a nosotros mismos y volver a solicitar el ingreso, o quizás incluso cursar allí todos los estudios de medicina. Yo tenía otras ideas.

Maya iba patinando lentamente y observaba los restaurantes que flanqueaban el paseo al aire libre. A pesar de sus relucientes ventanas y de los apetitosos platos que estaban servidos para atraer a los posibles clientes, a Maya no se le despertó el apetito, pues recordaba la rencorosa discusión que había terminado con la ruptura entre ellos.

—Yo quería quedarme en los Estados Unidos, ir a la universidad e intentarlo de nuevo. No creía que pudiera soportar un año alejada de mi familia de Nueva Jersey y, mucho menos, tomar clases en español.

Daisy murmuró una frase de conmiseración y se detuvo frente a un pequeño café en cuyas vidrieras se mostraban granos de café tostados en el lugar.

—¿Qué te parece si nos tomamos un café con leche un momento? —preguntó, y Maya asintió, pues sabía que su amiga necesitaba su cafeína de la tarde. Maya se quedó cuidando sus puestos en una mesa al aire libre mientras Daisy buscaba los cafés. Cuando su amiga regresó con dos vaporosas tazas de café con leche, retomó la conversación a su manera típica, como si fuera un remolino—. Tú hablas muy bien el español, pero los términos científicos y todo eso son algo muy distinto. Te hubiera sido difícil.

Maya asintió y tomó un sorbo de café. Estaba muy caliente y un poco amargo, lo cual se le añadió al fastidio que crecía dentro de ella mientras recordaba su desavenencia con Alex.

—Alex no comprendía. Decía que me ayudaría, como si él hablara español mucho mejor que yo. Además, él consideraba que ya yo era parte de su familia, pues quería casarse inmediatamente. No había términos medios con él, Daisy. Ni tampoco conmigo. No había manera de llegar a un acuerdo.

—¿De modo que le devolviste el anillo y en eso quedó todo? —preguntó, haciendo un gesto con la mano en la que tenía la taza de café. El movimiento hizo que una gota de café cayera sobre el mantel blanco, como una pequeña lágrima, y Maya recordó las lágrimas que había llorado por querer estar con Alex. El dolor que había sentido mientras esperaba que todo se arreglara.

—Nunca nos volvimos a ver.

—Pero, tú tampoco dejaste de pensar en él —la interrumpió Daisy—. Cuando nos conocimos, supuse que eras una de estas cubanitas arrojadas. Ya sabes cómo son ustedes a veces —dijo Daisy. Maya puso los ojos en blanco ante el comentario, pues ese tema correspondía a una broma que ambas compartían.

—Pero ahora sabes que no es así —le indicó Maya.

Daisy se encogió de hombros, jugueteó con un revolvedor plástico de café y siguió hablando.

—Nah. Eres una cubanita ambiciosa y adicta al trabajo, pero eso no importa. De todos modos, me di cuenta de que tu actitud con respecto a los hombres era más bien de... distanciamiento. De reticencia. Me preguntaba por qué no salías más con muchachos.

Maya le hizo un gesto con la mano para que Daisy siguiera adelante.

—Y ahora, por supuesto, me imagino que se te ha resuelto el acertijo. —Tomó otro sorbo de su café, el cual se había enfriado un poco durante la conversación.

—No me parece que en realidad te lograste sobreponer a ese hombre, y no te culpo. Es muy guapo.

Eso no se podía negar, pensó Maya. El paso de siete años no había logrado avejentarlo, sino todo lo contrario. A sus veintinueve años de edad, era todo un hombre, maduro y con una nueva aura de... confianza en sí mismo, supuso ella, que había hecho que se despertaran en ella todo tipo de sentimientos.

—Deberías volver a verlo —le insistió Daisy, pero Maya sacudió la cabeza con vehemencia.

—De ningún modo.

—Deberías volver a verlo, llevártelo a la cama, y no dejarlo irse hasta que no puedas ni caminar y él no pueda moverse —le dijo Daisy. Colocó sobre la mesa su taza de cartón, ya sin café, y extendió la mano hacia la taza de Maya, pues había visto que su amiga no se lo había tomado todo.

—¿No estás bajo los efectos de la cafeína, verdad? —le preguntó Maya, pero la idea de hacer el amor con Alex hasta que ninguno de los dos pudiera moverse la hizo sentir una oleada de calor entre las piernas—. No, estás loca —añadió, más para convencerse a sí misma que a Daisy—. Además, no puedo creer que seas tú precisamente la que está proponiendo semejante cosa.

Daisy asintió y se encogió de hombros con indiferencia mientras se tomaba el café de Maya.

—Y tampoco lo puedo creer. Eres mi mejor amiga y no creo que nadie te conozca mejor que yo. Ni que nadie sepa lo importantes que estas cosas son para ti. Tú te tomas muy en serio a los hombres, el amor y tu profesión, y yo también soy así —

dijo Daisy mientras extendía la mano para tomar la de Maya y darle un suave apretón—. Pero me parece, por lo que sé y por lo que acabo de oír, que no estás verdaderamente segura de que dejar a Alex haya sido lo mejor para ti. Y pienso que durante todos estos años, los pocos hombres con quienes saliste no han logrado compararse con el Alex que llevas en el corazón y en la cabeza. Un Alex que tal vez ni siquiera sea real.

—Piensas que lo estoy poniendo en un pedestal demasiado alto. ¿Crees que no es para tanto? —le preguntó Maya.

—Si no lo es, ya lo sabrás. Y si lo es... ¿querrías dejar que eso se te escapara... otra vez? Daisy arqueaba una de sus arregladas cejas con expresión inquisitiva.

Maya apartó la vista, pues no podía responder. Tenía demasiado miedo de enfrentar la verdad que había en las afirmaciones de Daisy. Lo único que sabía era que, como científica, se sentía inclinada a examinar el problema y probar modos de resolverlo hasta alcanzar un resultado satisfactorio.

Y presentía que no había ninguna solución fácil cuando se trataba de resolver el problema de Alex.

CAPÍTULO 3

Él no era un hombre ansioso por naturaleza, pensó Alex mientras daba pasos hacia uno y otro lado junto al portal del hotel Park Central. La ansiedad no era buena para un médico. No obstante, el ser humano que tenía por dentro recordaba con toda claridad las pocas ocasiones en su vida en las cuales se había sentido tan nervioso como ahora: el día en que le había propuesto matrimonio a Maya; el día en que se había casado con Anita; el día en que nació su bella hija Samantha. Y ahora podía añadir esta ocasión—la noche en que había vuelto a encontrarse con la mujer de sus sueños.

Como las manos le temblaban y tenía sudorosas las palmas, se las introdujo en los bolsillos de sus pantalones, caminó de un lado a otro un rato más y decidió que estaría mejor si se sentaba en el portal para ver si disfrutaba las vistas nocturnas de South Beach. Se dejó caer sobre un banco de madera, colocó un brazo a lo largo del respaldo de éste y se puso a mirar por encima de la balaustrada de piedra del portal. La gente paseaba por la acera, pero había menos personas aquí que en el tramo más frecuentado de Ocean Drive. En el pequeño campo de recreo del otro lado de la calle en el parque Lummus, un grupo de niños se divertían en los columpios y en un gran tobogán plástico de color amarillo. El sonido de sus risas le llegaba con la brisa, mezclado con la música hip-hop que provenía de un auto que pasaba, y luego, de música latina del auto siguiente. Alex pensó que debía haberse especializado en otorrinolaringología, pues era evidente que tendría muchos pacientes, a juzgar por los niveles de decibeles de la música. De cualquier modo, le encantaban los niños y no cambiaría por nada su especialidad de pediatra.

—¿Alex?

Pegó un salto, se volvió hacia donde provenía la voz y sonrió. Allí estaba ella, con aspecto de cierta inseguridad, pero totalmente hermosa.

—Hola, Mima —replicó, y se inclinó hacia adelante para darle un casto beso en la mejilla—. Te ves magnífica —le dijo, mientras apreciaba la corta falda negra que dejaba ver unas piernas sorprendentemente largas para su estatura. Una ceñida camisa blanca, casi como una camiseta, pero de seda, le marcaba unas curvas que eran mucho menos acentuadas que cuando tenía veinte años. *Seguro que trabaja demasiado,* se dijo Alex para sus adentros. *Igual que mi ex esposa, Anita,* siguió pensando, pero trató de apartar esa idea, pues estaba decidido a tomarse su tiempo para volver a familiarizarse con Maya.

—Gracias. Tú también te ves bien —dijo Maya y miró en derredor con nerviosismo. Señaló en dirección a la calle—. ¿Querías cenar por aquí?

Alex le indicó que no con la cabeza.

—Siempre hay demasiado gentío aquí para mi gusto. Pensaba llevarte a algún restaurante de Bayside, aunque allí también se llena de gente.

Maya no había tenido oportunidad de visitar la galería de tiendas al aire libre de Bayside, pero Daisy y ella habían pasado cerca varias veces en el camino de regreso al centro de convenciones.

—Me parece bien —respondió, y apreció lo bien que Alex se veía con sus pantalones de lino blanco mate y su guayabera del mismo color, la cual era la camisa tradicional del hombre cubano. La guayabera destacaba sus anchos hombros, además de la delgadez de su abdomen y sus caderas—. Ya veo que estás patriótico de nuevo —le dijo Maya mientras le daba un leve tirón al borde de la larga camisa plisada.

Alex se miró a la guayabera y se rió.

—Sí —respondió—. Mami tenía este regalo esperando por mí y no quise herir sus sentimientos. —Alex hizo un gesto en dirección de los escalones y Maya bajó hasta la acera, y Alex la siguió de cerca, con una mano apoyada en la cintura de ella.

Ese simple contacto no debía significar nada, pensó Maya. Después de todo, de cierto modo... mejor dicho, de *muchos* modos, Alex seguía siendo de la vieja escuela. Les abría las puertas a las damas, sacaba las sillas, y consideraba que los hombres debían proteger a las mujeres relacionadas con ellos. Lo de apoyarle la mano en la cintura también lo hacía cuando estuvieron juntos. *Algo demasiado familiar, y demasiado inquietante,* pensó Maya, sintiendo que el calor de la mano de Alex se le filtraba a través de la fina seda de la blusa que Daisy le había prestado.

Al llegar a la esquina Alex la guió por la calle lateral y pasaron junto a varios autos hasta llegar al Sebring rojo granate descapotable estacionado junto al borde de la acera. Maya se sonrió al recordar la afición que Alex sentía por los automóviles descapotables. Cuando estaban de novios, el tenía un viejo y destartalado Mustang que se pasaba el tiempo tratando de mantenerlo funcionando.

—Cambiaste el viejo Ford por algo un poco más nuevo y mejor, ¿no? —le preguntó, un tanto entristecida por la idea. También la había cambiado a ella por otra.

—No, no es eso —desactivó los seguros de las puertas con el control remoto y abrió la portezuela para que Maya entrara—. Alquilé este carro por un tiempo mientras estuviera aquí. Me pareció que sería divertido.

—¿No vives aquí? —le preguntó. Al ver que se le dibujaba una sonrisa en el rostro, se preguntó a sí misma a qué se debería esa expresión. Al cerrar la puerta, Alex le respondió rápidamente:

—No —y la dejó esperando ansiosamente en su asiento mientras él daba la vuelta hasta el otro lado, abría su portezuela y se acomodaba en el asiento del conductor.

—Supongo que tus padres siguen en Miami, ¿no? —Maya quería saber más.

—En realidad, uno de los motivos que nos trajo aquí fue ayudarlos a que volvieran a mudarse para acá. Llevaban como cinco años viviendo conmigo y el clima del norte resultaba demasiado duro para ellos —replicó. Un instante después, retiró la capota, arrancó el auto y volvió a tomar Ocean Drive para dirigirse al viaducto que los conduciría hasta el centro de Miami.

En el norte, se preguntó Maya para sus adentros. *¿En qué parte del norte?,* pensó sin percatarse, hasta que él le respondió, de que había expresado en voz alta sus pensamientos.

—En Nueva York. Pero acabo de asociarme con un consultorio de Metuchen. Me parece que queda cerca de donde tú vives, ¿no es cierto?

Maya gimió y cerró los ojos, pensando que el destino tenía que estar trabajando horas extra en su conspiración contra ella. Metuchen era un pueblo pequeño pero de alto nivel social, completamente rodeado por la ciudad de Edison. Desde su casa del norte de Edison, Metuchen quedaba apenas a unos minutos, pero ella se resistía a reconocerlo.

—Está cerca, Alex —fue todo lo que consiguió decir; él profirió un gruñido y al parecer decidió que ya era hora de cambiar de tema, pues de repente se convirtió en un guía turístico y se puso a señalar las distintas vistas que se veían desde el viaducto.

—Ésa es Star Island —extendió un brazo frente ella y le señaló un gran pedazo de tierra frente a la bahía. Como la capota estaba bajada, no había obstáculos para la vista, pero el viento que batía en torno a ellos obligaba a Alex a hablar a gritos para hacerse oír por encima del ruido de la carretera—. Muchas celebridades viven allí y en las islas Palm e Hibiscus, que son las que vienen más adelante. Son islas artificiales y las casas son bastante caras.

Maya asintió y se puso a mirar las grandes y apartadas casas que se veían en los pequeños pedazos de tierra dispersos por la bahía. El estilo de la mayoría de las casas era como de villa española, lo cual era muy común en la Florida, pero ocasionalmente se veía una casa de estilo contemporáneo. Maya las recordaba vagamente de su viaje con Alex.

—Definitivamente están fuera de mi alcance —replicó Maya.

—No te subestimes, Mima —le indicó él, y se le notaba

cierto orgullo en la voz, junto con algo más que ella no lograba determinar—. Tengo entendido que a tu compañía le va muy bien.

—Sí —respondió ella—. Recientemente firmamos un contrato con una gran compañía para perfeccionar algunos procedimientos de pruebas genéticas. Estamos tratando de simplificar las pruebas para los laboratorios casi al nivel de las pruebas de estreptococos que se usan en las consultas médicas, aunque no tanto. El contrato nos ha ayudado, pero tenemos una buena cantidad de gastos generales y necesitamos invertir por un tiempo futuro de escasez.

Alex asintió, pero no dijo nada hasta un rato después, cuando estacionaron en el mercado Bayside. La miró a la cara y titubeó antes de comenzar.

—Es casi increíble lo lejos que hemos llegado los dos, cada uno a su modo distinto. Pero después de todo, han pasado siete años.

—Muchas cosas pueden suceder en todo ese tiempo. —*Como dejar de estar enamorado o encontrar a otra persona,* reconoció Maya para sus adentros—. Tal vez después de la cena de esta noche, tú y yo nos pondremos a analizar y nos daremos cuenta de que no somos los mismos que antes —lo miró directamente a los ojos, con la esperanza de que ambos se dieran cuenta... *¿de qué?,* se preguntó a sí misma. ¿De que no tenía sentido que se volvieran a ver? ¿De que habían cambiado demasiado después de tanto tiempo? ¿O tal vez, de que todo sería mejor que nunca porque él seguía siendo el Alex que ella recordaba en sus sueños? Un Alex a quien quería llevarse a la cama y no dejarlo irse, como le había sugerido Daisy.

Alex siempre había pensado que ella tenía un rostro expresivo, y ahora se notaba que ella no estaba segura de lo que quería. Pero lo mismo le pasaba a él. La tenía ante sí, la misma persona, pero tal vez no del todo. Del mismo modo que él era la misma persona, pero no del todo. Él se había casado y su matrimonio había fracasado. Tenía una hija en la que tenía que pensar en primer lugar y, por lo que había notado en Maya, ella se parecía más a la mujer orientada hacia su profesión de la cual se había divorciado que a la muchacha de quien estuvo enamorado en otros tiempos. Pero, de todos modos, tal vez ella no era así, pensó él mientras extendía una mano y le acariciaba levemente la mejilla con el dorso de ésta.

—Esta vez, quisiera tomarme el tiempo necesario para saber si somos los mismos, Mima. Creo que tal vez valga la pena. ¿Qué crees tú?

Ella le tomó la mano y se la apretó entre las suyas.

—Yo también lo creo, Alex —dijo ella y repitió esas palabras por lo bajo, como para convencerse a sí misma.

Él sonrió y asintió con la cabeza, y le mantuvo asida la mano mientras terminaba de cerrar el auto, rompiendo el contacto con ella solamente para asegurar los cierres de la capota y dar la vuelta hasta el otro lado del coche para ayudarla a salir. Después de que ella se levantó del asiento y cerró la portezuela tras de sí, Alex entrelazó sus dedos con los de ella, la acercó hacia sí, y atravesaron el estacionamiento intensamente iluminado hasta el pequeño sendero que conducía hasta la zona principal de tiendas.

El centro comercial estaba repleto, como era típico los viernes por las noches. Esto obligó a Maya a quedarse cerca de Alex, y por una vez él se alegró de que hubiera tanta gente. Pero no tuvieron que caminar mucho. El restaurante en el cual él había sacado reservaciones estaba a poca distancia. Los Ranchos llevaba mucho tiempo en distintos lugares de la Florida, y a Alex siempre le parecía una delicia disfrutar de uno de sus maravillosos bistecs.

—Espero que te siga gustando la carne de res —le dijo a Maya cuando entraron al restaurante—. Este restaurante nicaragüense se especializa en bistecs.

—Aunque hoy en día el colesterol se ha convertido en una mala palabra, a mí me sigue gustando la carne —reconoció Maya y examinó el elegante interior del lugar. Gran parte de las paredes eran de vidrio y tenían vistas al viaducto o a la bahía de Biscayne, con lo que daba la impresión de que el restaurante no terminaba nunca. Había cestas de flores sobre las mesas más grandes y en los paneles divisorios que creaban espacios discretos dentro del restaurante. Casi todas las mesas del lugar estaban llenas. En la parte que quedaba al aire libre frente a la bahía, también había mesas para los comensales en un patio alto cerca del agua.

Alex le dio su nombre al maître, quien rápidamente consultó su lista de reservaciones, tachó el nombre y los acompañó hasta una mesa que estaba junto a la pared más alejada, pero en el salón interior. —Afuera hay mucho ruido —le indicó Alex mientras apartaba la silla para que ella se sentara.

Maya se sentó y tomó el menú. Tras echar un breve vistazo, se dio cuenta de que, si deseaba comer carne, no se sentiría decepcionada esa noche. Había una gran variedad de bistecs y de chuletas, además de algunos platos con pescado.

—¿Qué me recomendarías?

—Todo —replicó él con una amplia sonrisa.

Maya escogió el churrasco, un suculento bistec marinado, e hizo su pedido cuando el camarero se les acercó. Hubo un momento embarazoso después de que el camarero se marchó, pero Alex lo salvó rápidamente al preguntar:

—Bueno, ¿cómo fue que te dedicaste a la investigación genética?

—Veo que no escuchaste todo mi discurso de ayer —lo importunó él y prosiguió a darle un resumen parecido a lo que le había relatado a los asistentes a la conferencia, pero era evidente que Alex no quedó satisfecho.

—Ya que me diste la perorata, dime ahora por qué lo hiciste de veras. ¿Disfrutas la investigación? ¿O tal vez es por el desafío? —le dijo él y se inclinó más hacia ella sobre la estrecha mesa. Su sonrisa era intensa, sus ojos la instaban a seguir hablando, y la invitación abierta que expresaba su mirada era difícil de rechazar.

—Sabes que siempre me gustaba la escuela...

—Lo cual nunca ha dejado de asombrarme. Eras la única estudiante de primer año que de veras odiaba los días en que había tormentas de nieve —la interrumpió, y le recordó la primera tormenta de nieve que habían pasado en la universidad.

Maya se rió entre dientes.

—Era una novedad para ti porque nunca habías visto nieve en Miami. Para los que nos hemos criado en el norte, no era más que un inconveniente.

—Mentiras —la reprendió él—. Te divertiste tanto como yo cuando hicimos aquel hombre de nieve parecido al profesor de química orgánica y luego...

Se detuvo, y Maya se sintió agradecida de que lo hiciera. En ese preciso instante prefería no recordar cómo después de aquello habían regresado al apartamento de ella y se habían quitado el frío de forma tan erótica que era mejor no volver a pensar en ello, especialmente en público.

—Fue divertido —confesó, con tono neutral a pesar del sonrojo que sentía en las mejillas.

—Sí, pero sigue contándome —la incitó él, y ella prosiguió a relatarle lo estimulada que se había sentido en la universidad de Columbia, tanto por sus profesores como por los tres compañeros de laboratorio que terminaron por convertirse en sus amigos y asociados de negocios—. Siempre nos planteábamos las preguntas más descabelladas —reconoció ella al recordar las veces que trasnocharon en las cafeterías del barrio mientras teorizaban sobre problemas de transporte, reacciones químicas, etc.

—Era extraño lo sincronizados que estábamos —musitó en voz alta—, especialmente teniendo en cuenta lo diferentes que éramos.

Alex notó que su expresivo rostro se animaba aun más al relatar cómo Daisy y ella se habían conocido y se habían hecho amigas rápidamente.

—Teníamos mucho en común y nos volvimos casi inseparables, así que Brad nos puso el sobrenombre de "la pareja dispareja". A Daisy no le gusta nada que nos llamen así, pero se nos ha quedado.

A Alex también le pareció adecuado, teniendo en cuenta las diferencias físicas que había entre las dos mujeres, pero permaneció en silencio mientras Maya seguía hablando sobre sus colegas.

—Brad es, cómo diría él, "un tenaz surfista de Stanford que decidió venir a probar las aguas en la otra costa". Totalmente lo contrario de TJ, quien es uno de esos asiáticos tímidos y fanáticos de las computadoras —se rió Maya y meneó la cabeza—. A TJ le gustan el arte y la música; es verdaderamente sensible, pero no es muy sociable.

Alex asintió. —¿Es el clásico genio que no sabe tratar a la gente?

—Más o menos, pero afortunadamente conoció a una muchacha filipina muy agradable tan pronto terminó la facultad, y se casaron. Ella lo ayuda a mantener los pies sobre la tierra, y ya van a tener su primer hijo.

El camarero se les acercó en ese momento, colocó ante ellos los bistecs y una selección de salsas para carne. Les explicó qué era cada salsa y, mientras lo hacía, otro joven se aproximó y les sirvió un plato de papas fritas y cebollas para que las compartieran entre los dos.

El aroma de los platos le hacía la boca agua a Alex, pero no tanto como la mujer que tenía sentada frente a él. Ella le sonrió con timidez mientras el estómago le gruñía, y él le indicó que comenzara a comer, a lo cual se dedicó con el mismo vigor con que antes había hablado sobre sus amigos. Eso le hacía recordar a Alex toda la pasión que se ocultaba detrás de su imagen calmada y plácida. *¿Estaría compartiendo esa pasión con otra persona?,* se preguntó. Le dio unos minutos para que comiera, de modo que aplacara un poco su hambre, y entonces le preguntó:

—Bueno, si TJ mantiene los pies sobre la tierra gracias a su esposa, ¿cómo lo hace el resto de ustedes?

Maya se puso a mirar por la ventana, para pensar su respuesta antes de hablar.

—No lo sé bien. Creo que Brad y Daisy se complementan de cierto modo.

Alex asintió, cortó un bocado de su fresco bistec y, antes de llevárselo a la boca, indagó:

—¿Tienen una relación?

Maya se rió e hizo gestos exagerados con las manos.

—De ningún modo. Son como el aceite y el agua; como la gasolina y un fósforo encendido. A veces nos vuelven locos a TJ y a mí con sus discusiones y sus pendencias.

Alex se puso a masticar la carne y también digirió la idea de que, al principio, Maya y él también se pasaban el tiempo teniendo desavenencias—hasta que se dieron cuenta de la atracción que sentían.

—Han sucedido cosas más raras que eso, Mima —le recordó, y recibió como respuesta una sonrisa azogada.

—Supongo que sí, Alex —dijo Maya y comió un bocado de su bistec. Era una carne suave, condimentada con el sabor de limón, perejil y cebolla de la salsa chimichurri. Volvió a mirar a través de la ventana para ver pasar un barco iluminado de forma colorida que se usaba para dar paseos a los turistas por la bahía—. Esto es muy bonito. Gracias por traerme.

—De nada, Mima. Honradamente te puedo decir que, hasta el momento, el placer ha sido mío —terminó lo que le quedaba de su bistec, agarró la última papa frita del plato y se reclinó en su asiento para observar a Maya mientras terminaba de comer. Después de que ella hubo terminado con casi todo el bistec y colocó la servilleta sobre la mesa, Alex retomó la conversación—. Ya me has dicho todo lo que motiva a tus asociados, así que ahora te tengo que preguntar, ¿qué hace que Maya mantenga los pies sobre la tierra?

Maya cruzó su vista con la de Alex. Abrigaba la esperanza de que evitaran llegar a un nivel muy personal. De que podría dejar simplemente que transcurriera la noche, que pasaran a lo que Daisy le había sugerido —lo de irse a la cama y comprobar si seguían sintiendo lo mismo— pero se dio cuenta de que lo que hubo entre Alex y ella no permitiría que todo fuera tan sencillo. Antes se amaban y se respetaban mutuamente, y uno confiaba en la opinión del otro, de modo que ahora no podían rebajarse a esos niveles tan elementales. Debido a eso, ella no podía esquivar la pregunta.

—Muchas cosas me hacen mantener los pies sobre la tierra, Alex. Mi familia, mis colegas. Y supongo que, después del desafío de obtener mi doctorado, me hubiera quedado sin rumbo si no hubiera tenido el desafío del trabajo que decidimos hacer juntos. Eso me ha dado mucho placer en el plano personal...

—¿En el plano personal o en el profesional? —la retó él, pero Maya no tuvo que responderle, pues en ese momento se les acercó un fotógrafo y les preguntó si querían que les tomara una foto.

—¿Mima? Que nos tome una, para recordar el pasado —le pidió Alex con sonrisa de adolescente. Maya accedió y esperó a que él se colocara detrás de la silla de ella. Alex se inclinó hasta que acercó la cara a la de ella. El olor de su colonia para después del afeitado, un nuevo aroma que ella no reconocía, la rodeó junto el antiguo y más conocido aroma masculino de Alex—un aroma que su mente no había olvidado.

El flash se disparó una vez, dos veces, y luego el fotógrafo se fue a otra mesa, no sin antes prometerles que las fotos estarían listas para cuando hubieran terminado el postre.

Alex regresó a su asiento, sonriendo de oreja a oreja.

—Supongo que eso sirve para que los comensales se queden un rato más —le hizo un gesto al camarero, pidió los menús de postres y entonces decidieron compartir una delicia nicaragüense—el tres leches—el cual se había convertido en un postre fijo de muchos restaurantes latinos de Miami. Maya sabía que tendría que hacer ejercicios extra para deshacerse de las calorías de ese dulce, que era una especie de pastel remojado en tres tipos de leche: normal, evaporada y condensada. De ahí su nombre de tres leches. Después de que el camarero colocó ante ellos las cucharas y el plato con la confitura, Maya tomó un pedazo con su cuchara y lo probó. Supo que valía la pena el sacrificio.

—Paradisíaco —murmuró con la boca llena del dulce y cremoso bocado.

—Sí, delicioso —confirmó Alex. Tomó otro pedazo y lo alzó en su cuchara, pero se lo ofreció a ella.

Maya se quedó mirando a la cuchara con el pedazo de pastel remojado en leche. Sólo hacía un instante, esa cuchara había estado en la boca de Alex. Maya vaciló, pero entonces se inclinó para tomar la ofrenda; sus labios se cerraron sobre la cuchara, y se imaginó que no sólo saboreaba el dulce, sino al propio Alex. Esto hizo que se le apretara el corazón, y al cruzarse sus miradas que expresaban deseo mezclado con espíritu juguetón, Maya supo que no podía dejarlo así. Se pasó la lengua por los labios, tomó otro pedazo de dulce en su cuchara y se lo ofreció a Alex. Él lo tomó en su boca, sus labios se quedaron más tiempo del necesario sobre la cuchara, y luego dijo:

—El segundo bocado es aun mejor.

¿Se refería al segundo bocado de amor? Maya se preguntó

qué habría querido decir, pero las siguientes palabras de Alex se lo dejaron muy claro.

—Como tú y yo juntos otra vez —dijo y volvió a tomar un pedazo de tres leches para ofrecérselo a ella.

Su Adán estaba tentándola como lo hubiera hecho Eva, pensó ella, al mostrarle las posibilidades de lo que pudo ser antes y de lo que podía ser esta vez si volvían a explorar sus sentimientos mutuos.

Ella reaccionó de la única manera que pudo.

CAPÍTULO 4

Maya rodeó la cuchara con los labios y se comió el bocadillo de tres leches. Luego se reclinó en su asiento y miró a Alex directamente a los ojos.

—Ya basta de dulzura... lo digo por el postre y por la conversación.

La risa de él la tomó por sorpresa.

—Recuerdo cuando nos conocimos en Villanova. Eras igual de... arisca. Me sentí intrigado por ti, por lo distinta que eras.

Ahora él también era distinto, pensó Maya. Se preguntó en qué habría cambiado él y qué habría hecho con su vida en los últimos siete años. Hasta ese momento, se habían pasado la velada hablando de ella. Y la velada ya casi se estaba terminando, pensó ella al ver que Alex pedía la cuenta y el camarero se acercaba a la mesa. Alex pagó la cuenta, se puso de pie y le extendió una mano a Maya.

—¿Qué te parece si damos un paseo por los comercios?

Maya se puso de pie y colocó su mano sobre la de Alex.

—Me parece bien. Nunca antes había estado aquí.

Alex entrelazó sus dedos con los de ella y volvió a acercarla hacia sí al salir del restaurante. Pasearon sin apuro por el sendero, deteniéndose ocasionalmente frente a una que otra vidriera para echar un breve vistazo. Al final de la hilera de comercios, había un amplio espacio abierto. A la extrema izquierda quedaban la bahía y un muelle donde había varias embarcaciones amarradas. Justo antes de llegar al muelle, se había instalado un pequeño podio y la gente se agolpaba en derredor para escuchar las melodías anunciadas por un pinchadiscos.

—Muchas veces tienen espectáculos en vivo aquí —dijo Alex y siguió caminando detrás de ella para escuchar el final de la melodía bailable—. Esto me hace recordar la universidad. Siempre estabas oyendo viejas canciones de estilo disco.

—Sí. Eran los discos que me regaló mi prima Patty, la mayor. Me encantaban —recordó Maya, y sonrió al pensar en Alex y ella bailando con esa música en su apartamento de estudiante. Recordó que él había accedido a su deseo, a pesar de que el estilo disco hacía rato que había pasado de moda.

La agradable voz del pinchadiscos fue imponiéndose a los acordes finales de la canción.

"Y ahora, para los de la vieja guardia, una versión de tres clásicos del baile interpretada por la querida artista de Miami, Gloria Estefan", anunció, y comenzaron a oírse los acordes bajos de la canción, los cuales fueron intensificándose hasta que se distinguió el potente ritmo bailable de los años setenta.

Detrás de Maya, Alex movía el cuerpo leve y rítmicamente. Ella se dio vuelta, lo miró a la cara; él le sonrió de oreja a oreja y le extendió una mano.

Maya miró en derredor suyo y notó que una o dos parejas más se habían entregado al ritmo y bailaban con la melodía. Gloria cantaba: "ahora sí, ahora sí, mi amor", y Maya se preguntaba si todo estaría conspirando contra ella e instigándola a hacer algo que ella no estaba convencida que fuera lo mejor. Pensó en su encuentro con él la tarde anterior, en los consejos de Daisy, y en la música y su propio corazón que latía al ritmo de ésta y le decía: "ámalo, ámalo, ámalo".

Maya puso su mano sobre la de Alex, y como si el tiempo no hubiera pasado en absoluto, él la guió en el baile. Sus cuerpos se deslizaron al unísono al ritmo de la canción, un pase de un lado al otro, de atrás a adelante, y un giro que terminó con ella pegada contra el cuerpo de él cuando la mezcla de canciones llegó a su fin.

Alex estaba más macizo, más fuerte que antes. Era todo un hombre, pensó ella al sentir su duro cuerpo contra el de ella. Él la abrazó, tomándola por la cintura y moviendo las manos hacia arriba y hacia abajo contra la seda de su blusa. A Maya se le cortó la respiración en el pecho, pues quería que aquellas manos se deslizaran por debajo de la tela, le recorrieran la piel y...

Maya aguantó su entrecortada respiración y alzó la vista para mirarlo a los ojos. La mirada de Alex era ardiente y la quemaba con su intensidad. Las palabras de Daisy le recorrieron alocadamente la cabeza y le rebotaban de un recuerdo al otro, de modo que la hacían revivir escenas y sentirse cada vez más confundida.

—Alex —graznó, en tono tan bajo que casi era un susurro.

Alex apenas consiguió controlar el temblor de su mano al alzarla para apartarle un mechón de cabello rojizo batido por el viento.

—Mima, ¿tú sientes lo mismo que yo? —le preguntó, sorprendido por el grave y vacilante tono de su propia voz.

Cuando ella asintió, él la guió sin pérdida de tiempo de regreso al auto, pasando junto a la hilera de tiendas. Como temía desaprovechar siquiera un segundo y que el momento pasara, no retiró la capota antes de abandonar el estacionamiento y dirigirse de nuevo a la carretera. Hizo un esfuerzo casi sobrehumano por no pasarse del límite de velocidad; tan deseoso estaba de volver con ella al hotel... y a su habitación.

Llegaron a South Beach en tiempo récord, y a pesar de que era un viernes por la noche, encontraron un lugar para estacionar que se estaba desocupando cuando él dobló por la calle próxima al hotel.

—Debe ser nuestra noche de suerte —le dijo a Maya y se dio vuelta para mirarla a la cara, pues le preocupaba que ella no pensara lo mismo. La joven se limitó a sonreírle con timidez.

Alex sintió que el corazón le daba un salto, y que un temblor de deseo le recorría la espalda. Él nunca se había dejado dominar por sus pasiones—a excepción de una... Maya. Aun así, él quería darle la oportunidad de arrepentirse. Apretó fuertemente el volante y le preguntó:

—¿Estás segura?

Maya sintió que aquellas palabras le hacían vibrar todo su ser y le rasgaban cuerdas que hacía tiempo permanecían en silencio. No, no estaba segura, pero necesitaba hacer aquel experimento. Necesitaba obtener respuesta para una pregunta que hacía ya demasiado tiempo que le atormentaba la mente y el corazón.

—Es nuestra noche de suerte, Alex.

Él se relajó visiblemente con esa respuesta, y se dio vuelta para mirarla, tomar su mano y llevársela a los labios. Después de darle un suave beso en los nudillos, le dijo:

—Me alegro, Mima.

Ella sonrió, apartó la mano y descendió del auto. Lo esperó junto al borde de la acera. Cuando él la alcanzó le rodeó la cintura con un brazo, y la acercó hacia sí, y caminaron juntos hasta el hotel y hasta la habitación de Maya. A ella le temblaba la mano cuando deslizó por la ranura la tarjeta magnética que servía de llave de la habitación, y esperó impacientemente hasta ver la señal de que la cerradura estaba abierta.

Al fin se encendió la luz verde.

—Ya cambió el semáforo —bromeó ella, riéndose entre dientes hasta que él la alcanzó y la apoyó contra la parte de atrás de la puerta cuando ésta se cerró.

—Esto —comenzó a decir él mientras le mordisqueaba los labios y la hacía perder lo poco de voluntad que le quedaba—, hace tiempo que me estaba volviendo loco —reconoció de forma reveladora, apretando su cuerpo contra el de ella.

El corazón le latía fuertemente, a un ritmo rápido y descompasado. Las manos le temblaban al hundirlas en el cabello de Maya, para mantenerle firme la cabeza mientras profundizaba el beso hasta que la dejó sin aliento. Cuando interrumpió el beso y se apartó un poco, Maya alzó las manos hasta tomarlo por los hombros y respiró de forma temblorosa.

—A mí también —reconoció ella a su vez, con una mirada incierta al cruzarse con la de él.

Alex sonrió, y su sonrisa era suave y tranquilizadora—una sonrisa que ella no había visto antes. Maya le delineó el contorno de la sonrisa con el dedo índice, y siguió hacia arriba para pasarle la mano por el cabello y hacerlo bajar la cabeza para poder llevar sus labios a los de él, frotándolos de un lado a otro. No lo estaba besando, sino probando las diferentes texturas de sus labios, sus firmes y bien definidos bordes, y la parte interior, más suave y más delicada, cuando él separó sus labios y aspiró el aroma de ella.

Ante ese leve movimiento, ella abrió la boca, saboreó los labios de él con la lengua y, al sentir su gemido, introdujo más la lengua y la hizo bailar dentro de su boca. El sabor de él la abrumaba, del mismo modo que la presión de su cuerpo al apretarla más contra la puerta, y por un momento, Maya se sintió tentada de permitir que él la hiciera suya allí mismo, sin preámbulos y sin suavidad.

Pero se dio cuenta de que él era incapaz de hacerlo. Alex se apartó de la puerta y condujo a Maya hasta la cama. La depositó sobre la cubrecama y siguió tras ella, acomodando su cuerpo entre las piernas de ella, con evidente deseo.

—Mima —le dijo con tono grave y bajó la cabeza para recorrerle con los labios el contorno de la clavícula, dándole besos a todo lo largo. Alex temía que siquiera un momento de vacilación les hiciera recuperar la cordura. No quería que sucediera eso, a pesar del persistente pensamiento que le ocupaba la mente y le decía que aún tenían mucho que decirse uno al otro antes de volver a hacer el amor. No quería dejar que se interpusiera la realidad, ni la lógica, ni ninguna otra cosa.

Sólo deseaba sentir la sensación de tenerla debajo de sí, y sentir cómo su cuerpo suave y dúctil reaccionaba ante sus manos. Sólo deseaba escuchar los suaves susurros que tan bien recordaba. El tono entrecortado de su respiración mientras él le acariciaba un seno con la mano y le frotaba el dedo pulgar por encima del pezón. La deseaba a ella... sin nada que se interpusiera.

Maya gimió por lo bajo cuando él le pasó el dedo pulgar por el pezón, haciendo que se le endureciera más y que los senos se le hincharan ante el estímulo. Siempre le había gustado que la acariciara allí, de una manera que hacía que la recorrieran espirales de calor y que comenzara a humedecerse para él, como estaba sucediendo en ese momento. Y después de tanto tiempo, era como si se hubiera roto una represa, pues el calor y la humedad íntima casi eran suficientes para abrumarla y hacerla olvidar todo lo que aún faltaba por decirse entre ellos.

¡Deja eso así!, le gritó su lado ilógico cuando Alex bajó la cabeza y le mordisqueó suavemente el pezón a través de la seda, de modo que ella estuvo a punto de levantarse de un salto de la cama y la hizo desear que Alex le hiciera todo lo que quisiera.

Daisy tenía razón cuando le dijo que hicieran el amor hasta que ninguno de los dos pudiera moverse. *El resto tendrá que esperar,* pensó Maya, y le tomó la cabeza entre las manos. Le hundió los dedos en su sedoso cabello. Lo sentía suave y escurridizo entre sus dedos. Bajó las manos hasta acariciarle las mejillas, y la aspereza de su barba de unas horas le hizo cosquillas en las palmas de las manos. Los músculos faciales de Alex se contraían al besarle los senos, lo cual le provocó una sensación de deseo que le endureció los pezones hasta convertirlos en tensos y sensibles capullos.

—Alex —gimió ella—. Por favor, Alex —casi suplicó, pues deseaba que la boca de él la recorriera sin que se interpusiera la tela.

Alex se incorporó y la miró a la cara. Sus ojos pardos ardían de deseo. Maya se percató de que la respiración de Alex era temblorosa, al igual que la de ella, y una sensación de emoción le recorrió el cuerpo al pensar que él se sintiera tan conmovido como ella.

—Nunca pensé que pudiera desear a nadie tanto como te deseo a ti en este momento —le dijo él, y le tomó la cara entre las manos y le recorrió el borde del labio inferior con el dedo pulgar.

—Yo también te deseo, Alex —replicó ella, sin hacer caso al hecho de que el deseo y el amor eran dos sentimientos muy distintos. Ella no estaba sintiendo amor por Alex. Era demasiado pronto para eso. Pero el deseo era una criatura totalmente diferente.

Maya llevó las manos a la camisa de Alex y comenzó a desabotonársela hasta que dejó al descubierto su pecho, con su musculatura levemente protuberante y sin vello. Su piel tenía un cálido color dorado, y no mostraba vellosidad por ninguna parte. A ella siempre le había gustado esa sedosa superficie que se prestaba a que la acariciara, y a que le sintiera los latidos del corazón con la mano, como lo estaba haciendo ahora, con un ritmo sincopado que le revelaba la necesidad que él sentía. Le revelaba lo que a veces él había sido incapaz de reconocer con palabras. Con la mano apoyada en el pecho de él, Maya sintió que la música de su corazón le hablaba y la instaba a seguir.

—Quiero hacer el amor contigo, Alex. Ahora, por favor, acaríciame más —le dijo y alzó la vista para encontrarse con la mirada de él.

A Alex le temblaban los brazos mientras se mantenía erguido por encima de ella, pero lo que le preocupaba era el temblor de su corazón. Qué fácil sería entregárselo a ella de nuevo. Y había tantas cosas que quería decirle antes de que eso sucediera. Tanto que ella necesitaba comprender, pero todos sus pensamientos se le esfumaron de la mente en el momento en que ella se incorporó e hizo que su tetilla se le endureciera al pasarle la lengua; luego lo rodeó con un brazo para acariciarle la musculatura de la espalda. Con un gemido, Alex le tomó la cabeza entre las manos y le alzó el rostro hasta el suyo para poder hacerle el amor con la boca, con el encuentro de las lenguas, hasta que el sabor de ella le borró todo lo que le quedaba en la mente.

En un frenesí de actividad, las ropas fueron a parar a todos los rincones de la habitación hasta que no quedó nada más que piel contra piel, y Alex volvió a explorarle el cuerpo de Maya con las manos y con la boca.

La piel de ella se sentía suave y cálida bajo sus palmas. Estaba más esbelta, pero más femenina, que a los veinte años. Le tomó completamente los senos entre las manos y le pasó los dedos por sus excitados pezones hasta que la hizo proferir un gemido y arquear el cuerpo hacia arriba. Alex quiso decirle que recordaba lo mucho que eso le gustaba a ella, pero lo pensó mejor. No quería que en ese momento ella recordara su relación anterior. Quería construir algo nuevo para los dos— algo más fuerte... más duradero, o al menos eso esperaba.

De modo que se quedó callado y optó por tomar con los labios uno de sus ásperos pezones. Su lengua recorrió aquella dureza e hizo que se pusiera aun más firme. *Un bocado sabroso y perfecto,* pensó él mientras el movimiento del cuerpo de ella le indicaba su entrega. Alex acogió el cuerpo de Maya con el suyo y siguió saboreando y mordisqueando, pasó al otro seno y lo besó y lo mordisqueó hasta que ella comenzó a moverse de forma inquieta debajo de él.

Con la respiración entrecortada, Maya apretó contra sí la cabeza de Alex. Siempre le había encantado aquello, sentir la boca de él contra su cuerpo. Sólo que ahora era incluso más delicioso, y el cuerpo de ella estaba respondiendo a los estímulos. Entre las piernas, se le había acumulado un calor junto con una exigente humedad que apretaba sin encontrar lo que anhelaba. Ella se dio cuenta de que lo deseaba en ese preciso instante, y se lo dijo a Alex:

—Alejandro, lo quiero. Ahora.

Él gimió sobre ella, con lo que atrajo toda su atención. Durante un segundo, Maya sintió la presión de Alex contra su humedad y su calor, pero entonces él se apartó.

—Carajo, Mima. No traje protección.

Ella tampoco. Pero Daisy sí la había traído, pensó Maya, al recordar la tira de condones que su amiga había colocado en la mesa de noche. Daisy le había indicado que los usara todos esa noche. Maya se había sonrojado y había protestado por el comentario, pero ahora se sonrió en medio de su ensoñación y señaló hacia la mesa de noche.

—Busca allí, Alex —le indicó, sin importarle lo que él pensara.

Alex tuvo que apartarse de ella para alcanzar la mesita. La gaveta de madera, un tanto hinchada debido a la humedad de Miami, estaba trabada; cuando él tiró de ella, ésta se abrió con un chirrido. Introdujo una mano, sacó la tira de condones y miró a Maya con una ceja alzada inquisitivamente.

Ella se encogió de hombros y trató de responderle con indiferencia, a pesar del sonrojo que se le veía en los senos y en la cara.

—Me gusta estar preparada —declaró con una calma que definitivamente no tenía en ese momento. Se recostó sobre un lado y apoyó la cabeza en una mano mientras lo observaba y se preguntaba qué haría en un momento así su aventurera amiga Daisy. O qué hubiera hecho la Maya de antes. Sabía lo que haría la Maya de ahora. Apartaría la vista, pues se sentiría muy incómoda en esa situación. *Pero no esta noche,* pensó. Maya no sabía qué pasaría después de esa noche, de modo que en ese momento no estaba dispuesta a desperdiciar ni un segundo.

Alex se recostó contra la cabecera de la cama y trató de romper el envoltorio.

Maya se le acercó hasta que quedó apoyada contra él en toda su longitud, extendió un brazo y lo rodeó con una mano, acariciándolo a todo lo largo de su cuerpo mientras se inclinaba sobre él y le mordisqueaba sus protuberantes músculos pectorales.

Alex profirió una obscenidad entre dientes y dejó caer la tira de condones sobre su regazo.

—Mima, no puedo pensar si me estás haciendo eso —le advirtió, y ella dejó escapar una risa profunda, pues le gustaba la nueva sensación de libertad que había descubierto.

Cruzó su mirada con la de él y, al mismo tiempo, se incorporó sobre las rodillas y le quitó del regazo el paquete sin abrir de condones.

—Parece que necesitas ayuda —le dijo, y de algún modo logró controlar el temblor de sus propias manos para romper el envoltorio y extraer el condón.

—Quizás sí la necesite, Mima —le dijo él con voz retumbante, como el grave ronroneo de un gato salvaje. Le cubrió la mano con la suya y la guió hasta su regazo—. Ayúdame, por favor —la importunó con una sonrisa traviesa en el rostro y con los ojos que parecían lanzar fuego líquido sobre ella.

El calor se le aceleró sobre el cuerpo de Maya, y esta vez ella no logró controlar el temblor de sus manos cuando, ayudada por la mano de él, los dos colocaron lentamente en su lugar la protección. Ella sólo le echó una mirada durante un milisegundo y luego volvió a alzar la cabeza hacia el rostro de Alex, el cual estaba embargado por una expresión de deseo.

Las palabras fueron innecesarias entre ellos al encontrarse sus miradas. Antes había sido así, cuando tuvieron su relación. Al parecer, cada uno presentía lo que deseaba el otro, y todo parecía indicar que esta noche no iba a ser distinta. Era como si no hubieran transcurrido siete años.

Con una facilidad y una práctica que la sorprendió, Maya se puso a horcajadas sobre él, y se agarró de la curvada y musculosa línea de sus hombros para no caerse. Él apoyó las manos sobre la cintura de ella y las movió hacia arriba y hacia abajo como para calmarla. Para guiarla en su movimiento hacia abajo, para que recibiera su miembro en toda su longitud, pero poco a poco. Cuando llegó a lo más profundo de ella, presionándola hasta el punto donde se encontraban el dolor y el placer, Maya cerró los ojos, inclinó la cabeza hacia atrás, y soltó bruscamente la respiración.

—Mima —le dijo él, con evidente tono de orden—. Mírame.

Sin apuro, ella abrió los ojos y se encontró con su mirada. Con un repentino movimiento de caderas, Alex se acomodó más arriba contra la cabecera, de modo que profundizó la penetración e hizo que Maya se mordiera un labio para no gritar por el éxtasis que él le estaba produciendo.

Alex se inclinó hacia adelante y le besó el lugar que se había lastimado con los dientes. —Déjame oírte, Mima. Ábrete a mí —le dijo contra sus labios y permaneció así, dándoles calor con su aliento.

Maya quería de veras entregarle lo que pedía, pero no pudo. Le podía entregar su cuerpo esa noche, pero todavía tenía demasiado temor como para entregarle su corazón—. No puedo —lo rechazó.

Estaba profundamente dentro de ella, de la manera más íntima posible, pensó Alex mientras le tomaba la cabeza entre las manos. Sin embargo, Maya no se le estaba entregando. Alex le hundió los dedos en el cabello, como para sentir su peso y su textura en las manos mientras sentía que el calor de ella le iba subiendo desde la pelvis. No haría falta mucho más para hacerla llegar al límite. Alex lo presintió por la manera en que ella se apretaba en torno a él y por el leve movimiento de sus caderas, que parecían exigirle más. Lo presintió por los tenues temblores que se sentían bajo su sedosa piel.

Él le dio lo que pedía, se puso a recorrerla con la boca, dándole mordiditas a lo largo de la línea del mentón. Llegó hasta la sensible área entre el cuello y el hombro.

—Sabes que eso me da cosquillas —lo reprendió ella y dejó escapar una carcajada grave.

Alex se rió, siguió recorriéndola hasta la línea de la clavícula y le llevó las manos hasta los senos, con lo que la hizo soltar un gemido por lo bajo—. Así es como te conozco —le recordó él mientras le llevaba la boca de un pezón a otro y le acariciaba los senos con las manos. Cuando apartaba la boca, la tocaba y la pellizcaba con los dedos pulgar e índice.

Maya resolló, comenzó a mecer las caderas contra el cuerpo de Alex y le hundió los dedos en el cabello para atraerlo hacia sí. Le dio un beso en la frente y cerró los ojos para no sentir las sensaciones que él le estaba provocando, como si bastara con eso para alejarlo. Pero, ¿cómo iba a ignorar esas sensaciones mientras lo tenía tan profundamente dentro de sí? Mientras él le demostraba su ternura con sus labios y su boca al buscar los lugares donde pudiera producirle el mayor placer.

—Alex, te necesito —dijo en medio de su deseo.

Mientras seguía besándole los senos y acariciándoselos con una mano, él le rodeó las caderas con el otro brazo para apretarla más contra sí.

—Hazme el amor, Mima. Tú sabes cómo hacerlo, querida —le indicó mientras le guiaba la cadera con el brazo y le impartía ritmo a su movimiento contra el cuerpo de él.

Maya no había olvidado la sensación de poseerlo de esa manera. Siempre le había gustado sentirlo en toda su longitud dentro de ella, calentándola y esperando que ella alcanzara el éxtasis. Maya se movió, y así el miembro de Alex se le hundió un poco más; luego se echó hacia atrás, de modo que creó la fricción del amor y provocó un calor que rápidamente la hizo perder toda inhibición.

Comenzó a moverse sobre Alex, cada vez más intensa y rápidamente, y él la incitaba más con la boca, mientras le besaba sus sensibles senos antes de alzar la cabeza para llevar su boca a la de ella. Rozó sus labios contra los de ella, los separó para imitar su acto de amor con la lengua y entonces desapareció toda la ternura y el hambre se apoderó de ellos.

—Hacía tanto tiempo —dijo él gravemente, mientras se le introducía más con un movimiento de las caderas al sentir que

Maya se estaba cansado. La mirada de ella se encontró con la de Alex y él notó lo que ella no podía... o no quería decir. Que él le había herido sus sentimientos, pero ella lo seguía queriendo. Entonces Maya alcanzó el éxtasis y su cuerpo se apretó en torno a Alex. Los ojos se le ensancharon, las pupilas se le dilataron y la respiración se le convirtió en suaves e irregulares suspiros de vida que se mezclaban con los de Alex.

Maya susurró su nombre, en parte a modo de oración, en parte a modo de súplica, y Alex lo aceptó dentro de sí, para que le diera las fuerzas necesarias para creer que esta vez sí iba a resultar. La apretó contra sí, esperó a que pasara su clímax y luego la hizo cambiar de posición para comenzar de nuevo a moverse dentro de ella.

Maya lo asió por los hombros, pues sentía que no podía controlarse el cuerpo. Al encontrar la mirada de Alex, se dio cuenta de que tampoco podía controlarse el corazón. Durante siete largos años había buscado el amor y se preguntaba adónde habría ido a parar éste, por qué no estaba a su alcance amar a otra persona. Pero, al sentir que Alex se movía dentro de ella y le volvía a provocar el éxtasis, supo la respuesta.

Su corazón siempre había estado junto a él.

CAPÍTULO 5

Era como la sensación que queda después de pasar un día en el mar. El sutil vaivén de las olas que se quedaba con ella, y se repitía mientras el sueño se apoderaba de ella.

La misma sensación le causaba a Maya el suave toque de las manos de Alex, la presión de su cuerpo que se mecía contra el de ella. El calor de su cuerpo que le bañaba la piel después de hacer el amor, y la envolvía como las cálidas aguas tropicales. Eso era lo que le venía a la mente a ella mientras iba despertándose. *Como un sueño,* pensó, y entonces se volvió hacia él y encontró vacío su lugar.

Se sentó de súbito en la cama, temerosa de que sólo hubiera sido un sueño, pero su cuerpo le decía lo contrario. Sentía dolor en músculos y lugares que hacía mucho tiempo no usaba y, al adaptarse sus ojos a las sombras creadas por la luz de la luna que entraba por las ventanas de la esquina, lo vio, sentado en una de las sillas de junco de Indias al otro lado de la habitación.

Estaba reclinado perezosamente, con el cuerpo cubierto solamente por sus calzoncillos cortos blancos. Tenía los ojos cerrados y, por un momento, Maya pensó que tal vez estuviera dormido, pero entonces él volteó la cabeza, abrió los ojos y preguntó:

—¿Estás bien?

¿Qué podía decirle, que había pensado que él se había ido otra vez después de una noche de sexo que a ella le había parecido indescriptible? *Sexo o amor,* se preguntaba mentalmente. Al no poder pensar en eso, respondió sin convicción:

—Tenía sed —en retrospectiva, no era mentira, pues estaba sedienta y necesitaba algo de tomar.

Se levantó y echó mano de la primera prenda de ropa que encontró, la guayabera de él, y se la puso antes de caminar hasta el pequeño minibar. Abrió la puertecilla, miró en su interior y preguntó:

—¿Quieres algo?

Alex la analizó a la tenue luz del refrigerador. Con la camisa de él puesta, con las piernas al descubierto y descalza, con las uñas de los dedos de los pies pintadas de rosa pálido, se veía muy joven. *Demasiado vulnerable,* pensó él, regañándose. Se había dejado dominar por las pasiones y ahora le preocupaba enojarla. Pero no tenía alternativa. Era mejor que ella lo oyera en ese momento, de los labios de él, antes de que se enterara por otra manera.

—Tenemos que hablar —respondió, y le extendió una mano, pues deseaba establecer una conexión física que tal vez propiciaría una conexión emocional.

Una expresión de alarma le cruzó la cara a Maya, pero rápidamente ocultó su sorpresa y trató de presentar una aura de calma.

—Claro —replicó, dejando entrever en la voz sólo un ligero temblor—. Pero primero quisiera escoger lo que voy a tomar.

Buscó en el minibar, extrajo un refresco y, sin prestar atención a la mano que él le extendía, se sentó en el borde de la cama.

Sólo los separaban unos metros, pero Alex sintió que, con aquellas sencillas palabras y esa corta distancia, ella se había retirado a un sitio alejado, donde no existía la intimidad que ellos acababan de compartir. Él quería cambiar de alguna manera aquella situación, y hacer que volviera la Maya que hacía apenas unas horas había estado en sus brazos.

Corrió la silla de junco hasta quedar directamente frente a ella, rodeándole las piernas con sus rodillas, de modo que le impedía una fácil huida. Se inclinó hacia delante y le habló suavemente. —Lo que compartimos esta noche fue... especial.

Ella se encogió de hombros, como para restarle importancia.

—Era... inevitable. Era algo que los dos teníamos que sacarnos del sistema.

Alex controló la ira que rápidamente se apoderaba él. Percibió que ella estaba tratando de protegerse porque esperaba lo peor. Él lo comprendía, pues la separación de ellos había sido dolorosa y dominada por la ira. Sin embargo, Alex no iba a permitir que eso volviera a suceder. —Para mí fue más que eso, Mima. Y por eso hay cosas que tengo que decirte ahora; cosas que probablemente debí haberte dicho antes.

La lata de refresco sin abrir se deslizó entre los dedos de Maya y cayó al suelo con un golpe seco.

—Estás casado —dijo suavemente, con claro tono de angustia en la voz.

—No, Mima —replicó él y le tomó los dedos entre los suyos. Estaban fríos del contacto con el refresco. Los frotó para devolverles algo de calor y continuó—. Estuve casado, pero ahora estoy divorciado.

Con los cuidados de los dedos de Alex, el cuerpo de ella se relajó, pero sólo levemente.

—¿Quién era ella? —preguntó Maya y lo miró directamente a los ojos, pero a la defensiva. No había ningún indicio que revelara las emociones de ella.

Él le contestó sin evasión, pues quería... no, necesitaba que ella confiara y entendiera.

—Una compañera de estudios de Nueva York. Nos conocimos después que regresé de Guadalajara —respondió él.

Maya apartó la mirada, pues la admisión de él le consumía los pensamientos. Solamente un año después, él se había liado en una relación mientras que ella quedaba haciendo el papel de tonta, sin olvidarse de él después de siete años.

—No perdiste tiempo, Alex —le dijo duramente, con la voz baja y llena de dolor.

—No es lo que piensas, Maya. En realidad no estábamos comprometidos...

—Te casaste con ella, Alex. ¿Qué más comprometido que eso se puede estar? —le respondió ella con ira y le retiró las manos de entre las suyas. Se las colocó en el regazo para no hacer nada impulsivo con ellas. La parte salvaje de sí le gritaba que lo golpeara, pero la dama que había dentro de ella se reprimió la tentación.

—Me casé porque ella estaba embarazada —le confesó él, y cubrió las manos de ella con las suyas—. Tuve que hacerlo, Maya, y no lo lamento. Tengo a cambio una bella hija.

Una hija que pudiera haber sido nuestra, pensó ella, *si las cosas hubieran resultado de otro modo.* Si no se hubieran dejado dominar por la ira y el orgullo, como amenazaba con ocurrir ahora. Le afloró por dentro un remolino de emociones que amenazaba con arrastrarla por completo. Sabía bien que el orgullo y la ira estaban entre esas emociones.

Él había encontrado a otra mujer y había hecho la vida sin ella. Además, todavía tenía un pedazo de esa vida para recordárselo a ella, si reanudaban su relación.

La parte lógica de ella le decía que no debía dolerle tanto. Después de todo, se habían separado y cada uno había seguido su propio camino. Además, ella no era como las vírgenes del siglo diecinueve, que languidecían por un amor perdido. Era una mujer moderna y liberada, y también había tenido relaciones con otros hombres, así que no tenía por qué dejarse abatir.

Pero por dentro, el dolor y el sentimiento de traición se impusieron a la lógica y la obligaron a preguntar:

—¿Cómo era tu esposa? ¿La amabas? —*como me dijiste a mí que me amabas,* pensó ella.

Alex dudó por un segundo, se reclinó en su silla, cruzó los brazos sobre el pecho y comenzó.

—Conocí a Anita en la universidad de Nueva York después que me trasladé para allá. A veces tomábamos clases juntos, y teníamos el mismo círculo de amigos. Ella tenía algo...

Alex apartó la mirada a un lado y soltó una maldición. Se inclinó hacia adelante y volvió a tomarle las manos.

—Me recordaba a ti, Maya. Y era fácil imaginarme que podía recrear nuestra magia en lugar de tragarme el orgullo y buscarte. Entonces yo todavía era un tonto.

—¿Pero ya no lo eres? —preguntó ella ásperamente, y lo lamentó al ver que a él se le endurecía la expresión y se le contraía la cara. Después de todo, esta vez él había dado el primer paso para acercarse a ella—. Lo siento. Al menos ahora tú has sido el más maduro de los dos.

—Gracias, Mima, por aceptar mi intento de dejar atrás el pasado.

Maya asintió y le apretó las manos para animarlo a continuar.

—Un año después, comenzamos a tener una relación física. Aunque te parezca que te hablo en lenguaje clínico, nos sentíamos atraídos y disponibles. Nuestra relación era sin obligaciones ni compromisos.

—Hasta que ella quedó embarazada. Tu hija...

—Samantha. Una niña hermosa y precoz que dentro de unos meses cumplirá cinco años. ¿Quieres ver una foto suya? —preguntó él, pero no esperó la respuesta. Recogió sus pantalones del suelo, tomó su billetera de un bolsillo trasero y extrajo una foto.

Se la dio a Maya y ella tomó la instantánea con dedos insensibles. Dentro del pecho, su corazón se negaba a latir. En solidaridad con él, los pulmones se negaron a respirar cuando, con el dedo índice, ella amorosamente trazó los contornos del rostro en la foto. Los ojos, la nariz y la boca se parecían tanto a los de Alex. Una sonrisa desdentada, a la vez conocida y extraña.

—Se parece a ti —dijo con suave tono, y al fin logró respirar dolorosamente mientras una lágrima se le escapaba y le rodaba por la mejilla.

Alex se sentía destrozado al ver el dolor de Maya. Le acarició una mejilla y le secó la lágrima con el dedo pulgar, pero pronto otra la siguió, y no pasó mucho tiempo hasta que ella rompió a llorar de veras. Los hombros se le sacudían con la fuerza de sus sollozos, y Alex sintió pena en el corazón, por ella y por todo lo que no llegó a hacerse realidad.

Se sentó junto a ella y la rodeó con sus brazos, esperando a que pasara el momento. Cuando la vio más calmada, le quitó la foto de su hija, le puso en la mano un pañuelo de su bolsillo y después de que Maya se secó la cara y dejó de sollozar, le preguntó:

—¿Algo te parece mal?

Maya se encogió de hombros y jugueteó con el pañuelo que tenía en las manos. Sin embargo, no miró a Alex a la cara.

—No lo sé —fue su suave respuesta.

Alex no insistió.

—No lamento lo que ocurrió esta noche, Maya. Al contrario. Lamento que nos haya tomado siete años llegar a este punto. —Esperó a que ella hiciera algún comentario, o que le diera algún indicio, pero no hubo ninguno.

—Esto es mucho para ti. Por eso creo que debo irme ahora y darte tiempo a solas para que puedas analizarlo todo por ti misma. Sólo quiero que recuerdes una cosa: que nunca dejé de amarte. Y esta vez, soy lo suficientemente hombre para reconocer que haré lo que sea necesario para volver a tenerte en mi vida.

Como en esta ocasión ella tampoco dijo nada, ni hizo nada que le diera a entender que lo había escuchado, él le colocó el dedo índice bajo la barbilla y suavemente le alzó el rostro.

—Te llamaré tan pronto regresemos.

Maya asintió, pero tenía los ojos distantes y el cuerpo tenso. Cuando Alex se apartó y comenzó a vestirse, esperó a que ella le dijera algo, a que hiciera algún gesto que le revelara lo que estaba sintiendo o pensando. Pero Maya no hizo ninguna de las dos cosas, sólo se quitó la camisa de él y la dejó sobre la cama antes de excusarse y dirigirse al baño.

La puerta se cerró con el chasquido de la cerradura, y él se quedó esperando. Pasaron largos minutos, pero ella no volvió al cuarto. Alex se acercó a la puerta y colocó las manos sobre la madera pintada como si, al hacerlo, pudiera tocar a la mujer que estaba al otro lado.

—Maya —dijo y movió el picaporte, pero éste no cedió—. Ya me voy. Te llamaré —volvió a prometerle.

No hubo respuesta, y con el corazón contrito, Alex se marchó.

—¿Mucho trabajo esta mañana? —preguntó Daisy al día siguiente al pagarle a la empleada en la playa y seleccionar las dos sillas que quería que la empleada le preparara.

La joven de la raza negra sonrió mientras contaba el dinero y veía que Daisy le había dado una generosa propina. —Seguro —respondió con un suave acento haitiano. Caminó hasta su mostrador para buscar dos esteras para las sillas.

Cuando regresó a donde se encontraban Daisy y Maya, colocó las esteras y les advirtió que se cuidaran del sol de Miami.

—Recuerden que es sol muy fuerte. Sobre todo tú, pelirroja —bromeó mientras miraba de reojo hacia Maya—. Voy a guardar una sombrilla para ti por si acaso —con un guiño, se alejó para atender a una joven pareja que se encontraba unas sillas más allá.

Maya se examinó la piel que dejaba expuesta su modesto bikini y arrugó el ceño al ver lo pálida que estaba. Aunque nunca había sentido devoción por el sol, normalmente pasaba una buena parte de su tiempo al aire libre. Su piel, no tan pálida como la de una típica pelirroja gracias a los genes heredados de su padre, se bronceaba fácilmente con un bello tono dorado.

Sin embargo, el verano pasado había transcurrido sin que ella pasara mucho tiempo al aire libre. En parte se debía a las exigencias del trabajo. En parte, a una serie de fines de semana insólitamente lluviosos. Las lluvias habían hecho estragos en sus jardines y en los pueblos de la costa de Nueva Jersey, cuya economía dependía del buen tiempo.

Maya juró que el próximo verano sería diferente. Bueno, siempre que el clima cooperara. Buscaría tiempo para plantar sus macizos de flores, para jugar algo de tenis, para ir a las playas de Nueva Jersey... *y para Alex y su hija,* añadió su traicionera mente, actuando como si esa decisión ya se hubiera tomado.

—¿Te vas a estar parada ahí todo el día tapando el sol, o qué? —bromeó Daisy, con fuerte acento neoyorquino para lograr un mejor efecto. Hacía tiempo que ella se había esforzado hasta eliminar esas inflexiones en su hablar diario, pero las podía asumir de nuevo en un santiamén.

Maya no pudo evitar reírse y a su vez se mofó:

—Obbídalo.

Colocó su toalla en la silla reclinable, se sentó y aceptó un frasco de loción bronceadora que Daisy le alcanzaba. Le sorprendió ver que tenía un factor de protección solar de 30. Con mirada inquisitiva, le preguntó a Daisy: —¿Temes que me ponga como una langosta?

Daisy la observó por encima del borde de sus gafas, terminó de untarse el bronceador en los brazos y alargó la mano para tomar el frasco.

—Este sol pica, Mayita —advirtió, recordándole a Maya la intensidad del sol de Miami—. Y no quiero quemarme mis partes sensibles. —Sin el menor asomo de duda, se desabrochó la pieza superior, se la quitó y se untó bronceador en los senos.

Maya se ruborizó, miró rápidamente en derredor y observó que Daisy no era la única.

—Cuando estés en Roma...

—Haz lo mismo que los romanos, digo yo —respondió Daisy—. ¿Y tú qué? —le lanzó el frasco de loción de vuelta a Maya.

Maya se echó loción en las manos y comenzó a untársela en sus piernas. Al hacerlo, experimentó una punzada en los músculos que le recordó sus actividades de la noche anterior. Hizo caso omiso del leve dolor, continuó subiendo hacia su vientre. Al hacerlo, se notó un leve cardenal en el costado de la cintura. Era la huella de un dedo de Alex.

El calor del sol mañanero no era nada comparado con el infierno de vergüenza que se enseñoreó de ella. Respiró hondo y terminó rápidamente con la loción mientras discretamente trataba de descubrir qué otras marcas delatoras la pudieran descubrir.

Su amiga, con su vista de águila, en seguida le hizo saber.

—Tienes el costado del cuello un poco raspado por la barba, pero no se nota mucho.

Maya cerró los ojos y se quejó mortificada.

—Ya lo sabías. ¡Dios mío! —se dio vuelta hacia su amiga y dijo en voz baja—. ¿Lo sabías desde hace rato? ¿Cómo te diste cuenta?

Daisy se encogió de hombros y se viró un poco para poder ver mejor a Maya.

—Cuando te llamé para desayunar, me dijiste que habías pedido servicio a la habitación, cosa que una persona tan frugal como tú no haría. Deduje que Alex estaba todavía contigo, o que necesitabas más tiempo a solas para pensar en todo lo sucedido. ¿Así que, cuál de las dos cosas fue?

No podía ser tan indiferente como Daisy. Se colocó las gafas como si de alguna manera éstas la pudieran proteger de la intensa mirada de su amiga, se reclinó en la silla y respondió:

—Él se fue anoche —entonces se enderezó y le alzó un dedo frente a la cara a Daisy—, y antes de que intentes preguntar... lo hicimos, ni siquiera sé cómo empezar a contártelo, está divorciado y tiene una niña, y quiere verme otra vez, y fue una locura de mi parte haberte escuchado desde un inicio —dijo sin tomar aliento, marcando con el dedo el ritmo de cada palabra. Se dejó caer hacia atrás en la silla y cerró los ojos.

Daisy observó a su amiga, que trataba de mantenerse en calma, como si fuera una zarigüeya que se hacía la muerta. Tenía razón el día anterior cuando dijo que Maya no se había recuperado de aquel tipo, pero ni en sueños había pensado que Maya le haría caso a su consejo y se acostaría con él sólo para sacárselo del sistema. Eso era completamente inesperado de la Maya que ella conocía.

Por mucho que se moría por enterarse de todos los detalles, que Maya desnudara su alma de esa manera era tan poco probable como que pusiera sus senos al desnudo en aquella playa. Era una persona muy privada, y Daisy siempre le había respetado eso. Su sentido de lo privado se extendía por igual a los amigos de ella y a sus confidencias. Por ese motivo, no iba a insistir en lo relativo al sexo, pero tenía demasiada curiosidad como para no preguntar sobre lo demás. —¿Es bonita la hija?

Maya asintió con la cabeza y contuvo el aliento un instante antes de responder:

—Muy bonita. Tiene casi cinco años y se parece mucho a Alex. —Daisy detectó el sustrato del dolor y nostalgia en la voz de Maya y admiró su control. Si habían llegado a la etapa de "mirar las fotos", había esperanzas. Daisy estaba convencida de que si hubiera sido ella la que estuviera en esa circunstancia, especialmente después de hacer el amor, le habría cercenado el miembro al desgraciado, como Lorena Bobbitt. Pero Maya nunca perdería el control de esa manera—. ¿Vas a volver a verlo?

La primera reacción ante su pregunta fue el silencio y luego un rápido y evasivo encogimiento de hombros.

—Él dijo que llamaría.

Daisy juró que haría lo que estuviera a su alcance para que su amiga respondiera a esa llamada.

CAPÍTULO 6

La secretaria de Maya, Jeany, una vivaz jovencita recién graduada de una escuela local de computación, colocó sobre el escritorio de su jefa varias notas de papel rosado con mensajes.

—Los dos de arriba son urgentes. El tercero es de Brad para recordarle el almuerzo de negocios de hoy, y los últimos dos también son de *él* —dijo mientras entornaba sus expresivos ojos azules.

Maya revisó superficialmente los mensajes y los puso a un lado.

—Recuérdale también a Daisy lo de la reunión. Ella y yo queremos aprovechar para ir al gimnasio hoy a la hora del almuerzo.

—Descuide —respondió Jeany al tiempo que le alcanzaba a Maya dos carpetas—. Me tomé la libertad de buscar estas carpetas. Las necesitará para las dos primeras llamadas.

Maya sonrió y tomó las carpetas de papel de Manila que Jeany le entregaba. —Eres tan eficiente. No me pases ninguna llamada por un rato, que necesito refrescarme la memoria.

La joven asintió y esperó, meciéndose sobre los talones.

Maya levantó la mirada del archivo que acababa de abrir.

—¿Pasa algo?

—¿Tampoco debo pasarle las llamadas de *él?*

Como no había respondido a ninguna de las seis o siete llamadas que Alex le había hecho durante la semana transcurrida desde que habían regresado de Miami, Maya pensó que la respuesta sería obvia.

—Por supuesto que no. Y creo que nos podemos referir a *él* como Dr. Martínez o, si lo prefieres, Alex.

Jeany asintió y comenzó a retroceder hacia la puerta cuando de repente se detuvo, como si hubiera recordado algo importante.

—Eso es un buen comienzo... usar su nombre —empezó—. Mi abuela siempre me decía que, cuando una logra ponerle nombre a algo, es mucho más difícil tenerle miedo —sentenció y, sin esperar respuesta, salió de la oficina de Maya y se dejó caer en su silla para continuar su trabajo.

La carpeta de casi tres centímetros de grosor yacía frente a Maya llena de facturas, comprobantes de entrega y notas del proveedor. Los urgentes mensajes requerían una pronta respuesta de Maya, pero ella no podía pensar en otra cosa que en las últimas palabras de Jeany. De algún resquicio de su cerebro logró sacar el recuerdo de su abuelita Nieves diciéndole algo por el estilo. Su abuelita le había dicho además que todos los hombres eran unos canallas—a excepción, por supuesto, de su santo esposo Antonio.

Al menos se podía aplicar una moraleja en todo esto. Alex siempre había tenido nombre, y ella no le temía. Nada que él pudiera hacer o dejar de hacer conseguiría afectarla a ella. Después de todo, ella era dueña de su propio destino y de su propio corazón.

Sin embargo, si aplicaba su sentido estricto de la honradez y de la lealtad a los actos de Alex, él se había comportado como un canalla. Se veía que no había desperdiciado el tiempo para reemplazarla, como si le viniera bien cualquier mujer.

Aunque ella quería creer en la veracidad de ambos criterios, la realidad estaba probablemente en algún punto intermedio. Ella sí le temía a Alex, y temía la posibilidad de que él la hiriera. Pero no podía culparlo por seguir adelante con su vida. Después de todo, ella había seguido adelante con la suya.

Negándose a desperdiciar un instante más en esas reflexiones, Maya sacudió la cabeza y se dedicó de lleno a la carpeta, intentando hallarle sentido al embrollo de facturas y a los pagos que, seguramente, el proveedor pronto reclamaría.

* * *

El restaurante, visto desde la carretera de dos sendas que era una de las principales vías que conectaban a Metuchen con el norte de Edison, podía confundirse con una de las casas de la zona. Establecido cerca del club campestre de Metuchen, en una zona predominantemente residencial, no se identificaba más que por la señal al borde de la carretera y por la entrada cubierta con un toldo verde.

Los miércoles por la noche, el restaurante estaba casi siempre lleno de clientes atraídos por el cóctel de camarones que iba cortesía de la casa, si se ordenaba la especialidad del lugar, consistente en costilla de primera. Los jueves, viernes y sábados por las noches, los jóvenes acudían al restaurante para disfrutar las heladas margaritas y las cervezas servidas del barril.

Incluso cualquier otro día y en cualquier horario, el restaurante solía estar concurrido, tanto en hora de almuerzo como de cena, gracias a la oferta de raciones ilimitadas de ensaladas y a la comida que, aunque no era de alta cocina, era de mejor calidad que la que se podía encontrar en otros restaurantes pertenecientes a grandes cadenas que bordeaban la ruta Uno.

Como quedaba apenas a unos minutos de su oficina, el restaurante se había convertido en el más frecuentado refugio para rápidos almuerzos y comidas, y por supuesto, para las copas ocasionales de las noches de los viernes, cuando no terminaban en casa de Maya para una repentina reunión.

Como eran clientes habituales, la anfitriona les buscó asiento de inmediato. La camarera, muy al tanto de sus gustos, les sirvió jarras de refrescos para empezar.

—¿Lo de siempre, o van a sorprenderme hoy? —preguntó la señora mientras le hacía un guiño a Brad, a quien siempre le gustaba bromear con ella.

—Bueno, no sé que desean las damas, Lisa, pero yo me voy a deleitar con una de esas maravillosas hamburguesas, con una buena ración de papas fritas, porque no soy como ellas, que necesitan preocuparse por sus delicadas figuras —le devolvió el menú a la camarera y empezó a servir refresco para todos.

—Ay, Brad, tu figura ha atraído muchos ojos en este lugar —bromeó la camarera, pues sabía que el delgado y musculoso cuerpo de Brad sobreviviría a la ocasional hamburguesa con papas fritas—. TJ, el salmón está bueno hoy, ¿te interesa?

Cuando el joven asintió, ella dirigió la atención hacia Maya y Daisy.

—¿Pechugas de pollo a la parrilla como siempre para mis dos modelos de pasarela?

—Sí —respondió Maya al tiempo que Daisy dijo:

—No.

Maya miró con sorpresa a su amiga. Pero Daisy levantó una ceja con expresión desafiante y le lanzó una mirada fulminante a Brad.

—Me siento especialmente carnívora hoy —comenzó a decir—. La hamburguesa con papas fritas suena muy bien, y quiero que la hamburguesa esté tan poco cocida como lo permita la ley. Cerró de un golpe la carta y la devolvió a la sorprendida camarera—. Gracias, Lisa. Eres la mejor —añadió, con la intención de hacerle saber que su cólera estaba dirigida hacia otra parte.

Lisa sonrió, tomó nota del pedido y se fue.

—¿Qué te acontece, mi florecita? —Brad empezó, mirándola desde el borde de su vaso mientras bebía su refresco—. Suenas un tanto enojada.

—Ya empezaron —dijo TJ, y entonces se excusó y se acercó a la mesa de las ensaladas mientras Daisy afirmaba:

—Cambiaste los parámetros del equipo de electroforesis...

—Para aumentar la velocidad...

—Pero hizo imposible el análisis —concluyó Daisy con enfado.

Maya les echó una mirada a cada uno. Estaban como dos gallos de pelea prestos a atacar, y ella, al menos, no tenía el ánimo para eso.

—¿Hubo algún daño grave? —preguntó, a lo que ambos respondieron al unísono:

—No.

—Entonces, dejen de discutir. Voy a servirme un poco de ensalada, y cuando regrese, sería bueno que habláramos de cosas agradables, por ejemplo, de lo bien que salió la conferencia de Miami... ¿les parece bien?

Se levantó, fue junto a TJ a la mesa de las ensaladas y se preparó un plato variado. Con el rabillo de ojo, supervisaba a sus dos amigos y percibió otro intercambio de palabras entre ellos antes de que Daisy se levantara abruptamente y caminara hacia la mesa de las ensaladas. Brad, a quien no le gustaban las ensaladas, se quedó esperando por ellos.

Cuando todos hubieron regresado a la mesa con platos repletos de ensalada de verduras y de otros tipos, Brad tenía frente a él un plato de cáscaras de papas asadas y estaba ocupado vertiendo crema agria sobre ellas.

—¿Alguna vez has pensado en lo que esa dieta tuya le está haciendo a tus arterias? —le preguntó Daisy con tono autoritario mientras colocaba su plato de ensalada sobre la mesa.

—Daisy, mi amor —la importunó Brad—. Te pasas el tiempo preocupándote. Cálmate. Disfruta la vida —le dijo y, como para demostrar su filosofía, levantó en el tenedor un montón de papas, queso, tocino y crema agria que engulló con exagerado ademán de deleite.

Daisy puso los ojos en blanco y se sentó entre Maya y TJ, directamente frente a Brad. No dijo una palabra más. Se limitó a comerse su ensalada, pinchándola con el tenedor con evidente fastidio.

Maya consideró el intercambio de palabras como una de esas típicas descargas verbales entre ellos que volvían locos a ella y a TJ. Le vino a la mente lo que Alex le había dicho sobre la posibilidad de que hubiera algo oculto detrás de sus actos. Mientras los observaba, notó una rápida mirada de Daisy a Brad, y luego otra de Brad a Daisy cuando ésta no estaba prestando atención. Pensó que era muy posible que Alex tuviera razón.

Se reservó la idea, pues se le ocurrió que quizás debía tenerla a la mano en el futuro si Daisy se comportaba... pues, como Daisy. Por el momento, Maya quiso tratar las cuestiones que habían motivado a Brad a programar esa reunión de almuerzo.

—Y bien, Brad, ¿qué hay?

Él sonrió y mostró su perfecta dentadura de estrella de cine y sus profundos hoyuelos.

—Buenas noticias gracias a ustedes dos. Tenemos un montón de llamadas de los que asistieron a la conferencia y muchos de ellos están seriamente interesados en pedir licencia de patente —alzó su copa para brindar—: Por la pareja dispareja, el Dúo Dinámico.

Daisy lo atajó.

—Me parece que los del Dúo Dinámico son Robin y Hombre Murciélago.

—U Hombre Murciélago y la Mujer Felina —la retó Brad con una mirada cada vez más acalorada.

—Da igual —balbuceó Daisy y alzó su copa para hacer un brindis—. Por todos nosotros.

Maya, TJ y Brad se le sumaron y luego escucharon las referencias que Brad les daba de los cuatro laboratorios que querían probar su producto.

—Magnífico —dijo Daisy—. Llamaré a los abogados y les pediré que me tengan listos varios modelos de contratos.

—Y luego tú y yo nos reuniremos con ellos —añadió Maya.

Brad puso su vaso de golpe en la mesa y les lanzó una mirada fulminante:

—Un momento, yo fui el que tuve que atenderlos por teléfono y ganármelos...

—Y nosotros terminamos de ganárnoslos en Miami —Daisy concluyó la frase, y siguió comiendo su ensalada con toda calma, haciendo caso omiso de la creciente irritación de Brad.

—Ya va siendo hora de que yo participe en algunas de esas juntas de negocios, ¿no crees, TJ? —dijo Brad lanzándole una mirada al otro hombre. La vista de TJ saltaba nerviosamente de Daisy a Brad, y luego a Maya, como si estuviera implorando ayuda.

Por último, TJ respondió con una evasiva:

—Sabes que los negocios no son mi fuerte, Brad. ¿Maya? —cedió o, más bien, obligó a Maya a dar una respuesta.

—No hay ningún problema con que intervengas, Brad. Después de todo, eres uno de nuestros ejecutivos y sabes muy bien cómo atraer a la gente para que prueben el producto —respondió Maya, y procedió a llevarse un bocado de ensalada que masticó lentamente para no tener que seguir hablando.

Brad soltó su tenedor lleno de papas y suspiró profundamente.

—¿Es por el tema del pelo otra vez?

Daisy no tardó una milésima de segundo en contestarle.

—Y la camiseta, y el chandal, y...

—Gracias, Daisy, pero no necesito tu acostumbrada crítica a mi sentido de la moda —replicó acaloradamente Brad. Se llevó a la boca las últimas papas y masticó con marcado enojo.

—Daisy tiene razón, Brad. Está bien para el diario, pero cuando entraste así a firmar el nuevo contrato, casi todo se echa a perder —añadió TJ, sorprendiendo a todos. TJ rara vez tomaba partido y nunca criticaba a Brad abiertamente. Ambos tenían un nivel de entendimiento parecido al nivel de intuición común que había entre Maya y Daisy. Durante todos los años transcurridos desde que se conocieron, Brad siempre respaldaba a TJ y viceversa. Maya pensó que aquello no tenía precedente.

Brad buscó las caras de los tres socios y dijo con profunda convicción:

—Quiero participar —luego desvió su atención hacia Daisy—. ¿Entiéndelo, Daisy? —dijo con tono áspero y desafiante.

Una calma preternatural siguió a sus palabras, o eso le pareció a Maya. Algo así como la quietud que antecede a una explosión volcánica o a alguna otra manifestación de la furia de la naturaleza o, en este caso, a Daisy.

—Haré las coordinaciones, Brad —empezó a decir Daisy, sorprendiéndolos a todos con su tono sosegado y definitivamente conciliatorio—. Espero que vayas, pero de traje y corbata, y que de algún modo controles esa cabellera tuya al estilo de Fabio.

Brad les echó una ojeada a los comensales y los sorprendió con una sonrisa.

—¿Crees que me parezco a Fabio? —le preguntó a Daisy, quien le respondió con un resoplido y le lanzó un pedazo de rábano sin alcanzarlo.

Todo ha vuelto a la normalidad, pensó Maya.

CAPÍTULO 7

Maya entró en el estacionamiento que se encontraba por el fondo de la casa que había sido convertida en consultorio médico. Situado en la avenida Amboy, no era más que uno de tantos consultorios que había a lo largo de la vía, cerca de la calle principal de Metuchen.

Solamente había otros cuatro autos en el estacionamiento. Dos furgonetas, un Jeep Grand Cherokee rojo y un elegante Mercedes nuevo. Maya estacionó su Lexus junto al Jeep, apagó el motor y permaneció sentada por un momento, hasta que se le calmaran los temblores nerviosos que sentía en el estómago. Al paso de uno o dos minutos, se le calmaron hasta apenas ser un espasmo de intranquilidad, y entonces Maya respiró profundamente y salió del auto.

Salió caminando del estacionamiento por la acera hasta el frente del edificio, donde un anuncio elegantemente grabado en madera indicaba que aquél era el Grupo Pediátrico de Edison-Metuchen. Debajo del anuncio mayor estaban los nombres de los médicos en placas más pequeñas. La última de las tres llevaba el nombre de Alex, y era evidentemente nueva. Las letras doradas brillaban sobre el fondo negro, y aún no se habían opacado hasta quedar de color bronceado como las letras de las demás placas.

Entonces a Maya no le quedó duda alguna de que se encontraba en el lugar correcto. Tampoco le quedaba ninguna duda sobre si él estaría. Ella había llamado antes para verificar el horario de consultas de Alex, y otra vez hacía sólo media hora, para confirmar que él aún estuviera atendiendo pacientes. A juzgar por el estacionamiento casi vacío, había llegado justo a tiempo, pensó mientras avanzaba por el sendero hasta cruzar la puerta principal.

En cuanto entró, vio un escritorio de recepcionista, y la mujer que estaba sentada tras éste, mayor y con aspecto de abuela, alzó la vista hacia Maya. Una expresión de confusión apareció en su rostro al ver que la recién llegada no venía con ningún niño, y examinó brevemente a Maya.

Maya sabía que no encajaba en el lugar. Su elegante vestido negro sin mangas lo había escogido pensando en el trabajo y en la amenaza de calor primaveral. No era el tipo de vestimenta que una madre se pondría para llevar a su hijo al pediatra, a no ser, por supuesto, que fuera al consultorio directamente desde el trabajo.

La recepcionista terminó su inspección y le preguntó a Maya si había programado una consulta.

—En realidad, no. Soy amiga del Doctor Martínez. Solamente vine para saludarlo y espero que tenga unos minutos libres —respondió y examinó el consultorio. El salón de espera estaba vacío, pero los restos de las actividades del día estaban regados por todas partes. Había revistas y juguetes dispersos por el suelo y encima de los sofás, y una joven ataviada con un guardapolvo rosado comenzaba en ese momento a poner en orden el área.

—El Dr. Martínez está con su última paciente, si me da su nombre...

En ese momento Alex salía de uno de los salones, con una niña de unos dos años y medio cargada en sus brazos y con la madre tras él. La cara de la pequeñina mostraba señales de llanto reciente, pero cuando Alex le susurró algo al oído y le hizo cosquillas en la barriga, la niña se rió y le dio un abrazo.

—Qué niña más buena —dijo él y se acercó por la parte de atrás del escritorio de la recepcionista. Se inclinó y tomó un chupete de una jarra llena de caramelos surtidos y se lo dio a la niña quien, sin pérdida de tiempo, le quitó la envoltura al chupete y se lo llevó a la boca.

Alegremente chupó el caramelo en tanto que Alex hablaba con su madre. Él le entregó a la mujer, de aspecto preocupado, una receta médica, y le pidió a la recepcionista que le reservara otra consulta para una semana después. Al oír esto, la chica volvió a protestar, pero Alex la consoló diciéndole:

—No, mi niña, ya no habrá más inyecciones. El Doctor Alex sólo va a alumbrarte dentro de los oídos con su lucecita para ver si la medicina está dando resultado, ¿de acuerdo?

La pequeña asintió, lo volvió a abrazar y, al hacerlo, el chupete se le quedó pegado a Alex en el pelo por un costado de la cabeza. Alex lo miró de reojo, se encogió de hombros, volvió a inclinarse sobre la mesa y le dio otro caramelo a la niña, antes de que se desatara un nuevo ataque de llanto. Devolvió la paciente a su madre, y estaba guardando el estetoscopio en el bolsillo de su chaqueta cuando se percató de que ella estaba parada junto a la puerta.

—¿Maya? No te esperaba —dijo con expresión de desconcierto. Tal vez era su chaqueta de laboratorio azul pálida, toda bordada con personajes conocidos de los dibujos animados, o el caramelo que le colgaba cerca de la oreja, pensó Maya al sentir que las dos cosas lo hacían verse más atractivo. Caminó hacia él, le enderezó la chaqueta y trató de quitarle el caramelo. Éste se le quedó pegado a un mechón de su negro pelo, y ella le sonrió.

—Saliva biónica, ¿eh?

Él se ruborizó intensamente y le indicó que entraran a uno de los salones.

—¿Puedes ayudarme? —preguntó en un susurro.

Maya asintió y lo siguió hacia uno de los salones y al baño privado. Alex se miró en el espejo y tiró del caramelo, pero éste se quedó pegado y él maldijo en un susurro.

Maya lo tomó por el hombro, lo hizo sentarse en la tapa del inodoro, tomó una toalla de mano y la mojó bien. Parada frente a él, mojó el caramelo con la toalla para tratar de despegarlo.

Parada frente a Alex, no podía evitar su aroma familiar, ni el calor de sus manos apoyadas en las caderas de ella cuando se inclinaba sobre él. En su imaginación, Maya se acercó aun más, hasta que la boca de Alex quedó sobre su seno...

Maya se apartó bruscamente.

—Hace falta más agua —dijo a modo de excusa, y mojó de

nuevo la toalla a la vez que respiraba profundamente para calmarse el creciente deseo. Cuando volvió a mojarle el pelo, el caramelo se despegó. Maya lo arrojó en el cesto de basura y utilizó la toalla para limpiar los restos que le quedaban en el pelo a Alex.

—Gracias —dijo él y alzó la vista.

Lo tenía tan cerca, pensó Maya, y era tan adorable que no pudo resistirse de darle un rápido beso en los labios antes de apartarse para regresar al consultorio.

Alex la miró ir, y admiró el largo tramo de piernas que quedaba al descubierto con el corto vestido de ella, y el asomo de sus senos visible en el escote. Ella se acomodó junto al escritorio de Alex, y él hizo una pausa por un momento para disfrutar el sabor que le habían dejado los labios de ella. Tan dulce, tan libre. Deseó que siempre pudiera ser así, pero sabía que tenían un largo trecho que recorrer antes de que ésa pudiera ser la norma.

Alex se levantó, se acomodó en la silla frente a su escritorio y se quedó observando cuando ella tomó en sus manos una foto de él y Samantha en South Beach. Los padres de él habían tomado esa foto la semana anterior, y él había reemplazado con ésta una instantánea más vieja de ellos. Otra vez había un rastro de melancolía en la mirada de Maya, pero su expresión pasó a ser de sorpresa al notar otro marco nuevo junto al retrato familiar. Era la segunda copia de la foto que ellos se habían tomado en el restaurante la noche de su cita.

—Estoy sorprendida —dijo, y lo miró mientras continuaba sosteniendo el marco en sus manos.

—Y yo estoy sorprendido de que tú estés aquí. ¿Eso nos empata?

Ella devolvió la foto a su lugar y se encogió de hombros.

—Depende. ¿Por qué te sorprende que esté aquí?

Él se reclinó hacia atrás en la silla normalmente reservada para los pacientes y cruzó los brazos sobre el pecho.

—Después de todas las llamadas que te hice sin que me las respondieras, pensé que no querías verme. Ahora, ¿por qué te sorprende que tenga tu foto sobre mi escritorio?

Maya imitó su pose, cruzando sus brazos, lo que sólo sirvió

para resaltar la exuberancia de sus senos. Cuando se dio cuenta de lo que llamaba la atención de Alex, rápidamente se enderezó y tartamudeó:

—Me imaginé que, con todas las llamadas que no te devolví, no esperarías que nuestra relación, por así decirlo, fuera a ninguna parte. Por eso sería un poco tonto tener mi foto, ¿no?

Alex sonrió.

—Pues llámame tonto. Estás aquí, ¿no? —Al ver que ella asentía, continuó—. Entonces supongo que eso significa que quieres que esta relación llegue a alguna parte, pero sólo hay un problema con eso.

Maya se enderezó más, al parecer azorada.

—¿Tú no quieres que llegue a ninguna parte?

Alex se levantó, se paró frente a ella y, sujetándole una mano, la llevó a sus brazos.

—Quiero que esta vez llegue a un lugar muy especial, Mima. Mi problema es que tengo que recoger a Samantha dentro de unos minutos y hoy es martes de tacos.

Maya suspiró con alivio y le rodeó la cadera a Alex con los brazos.

—¿Te quieres explicar, Alex?

—Es que, como soy un atareado padre soltero y todo lo demás, tratamos de facilitarnos un poco la vida. El viernes es noche de pizza y, así, el martes es nuestra noche de comida mexicana en Chi Chi's. ¿Quieres venir? —preguntó él, al tiempo que colocaba su mejilla junto a la de ella y la acercaba aun más.

Maya saboreó la sensación de estar en brazos de Alex y el suave mordisco que él le dio en el lóbulo de la oreja, mientras esperaba la respuesta de ella—una respuesta que no era fácil de dar. Después de todo, ella y Alex eran adultos y podían enfrentarse a la desilusión que pudiera sobrevenir, pero, ¿y su hija?

—¿Te parece sensato que yo conozca a Samantha tan pronto? Después de todo, ¿qué sabes realmente de mí, Alex?

Él suspiró y su cálido aliento le movió el pelo cerca de la oreja a Maya.

—Yo sé que teníamos algo especial y que pudiéramos tenerlo otra vez. Creo que eres una mujer amorosa y desprendida, que tiene suficiente amor para dárselo a mi hija.

Ella se zafó de sus brazos y se sentó en el asiento que él había ocupado antes.

—Y no sabes que una de las razones por las que no llamé durante toda esta semana era que estaba ocupada en el trabajo. Estar tan ocupada es común para mí.

—Mi esposa tenía el mismo problema, Maya. Sus estudios siempre iban primero, antes que Sam y yo. No puedo imaginarme que tú seas igual —señaló, pero de todas maneras las palabras de ella le hicieron sentir cierto miedo. Había jurado no enredarse nunca más con una adicta al trabajo.

Maya notó su reticencia pero, al parecer, tampoco sabía cómo lidiar con el asunto.

—Durante siete años mi vida ha girado en torno a mi trabajo, Alex. Al igual que la tuya parece estar ajustada a tu hija —dijo Maya. Gesticuló hacia la oficina de él y señaló a su chaqueta de laboratorio—. Hace siete años, ibas a ser "el mejor abrecostillas" de los alrededores. Te imaginabas corriendo de un salón de operaciones a otro en elegantes hospitales de Manhattan. Sin embargo, ahora lo que estás haciendo es esto.

Él asintió.

—Esto me ha dado mucha alegría, al igual que mi hija. Pero a pesar de ello, algo falta en mi vida... tú.

Maya sabía lo que era ese sentimiento. A ella también le había faltado algo, y ahora que él volvía a estar en su vida, el vacío se había desvanecido y había quedado sustituido por sentimientos de... expectativa, de esperanza. Eran sentimientos que ella no quería perder. Quería que pasaran de la esperanza a la realidad—la realidad de ella y Alex juntos, de ser una familia junto con la hija de él, de tener tal vez un hijo propio de ella, un hermano o hermana para Samantha.

Pero, por mucho que ella lo quisiera, tal vez era muy pronto para estar pensando así. Después de todo, existía la posibilidad de que las cosas no resultaran. Pero no lo sabría ni podría averiguarlo si no se arriesgaba.

* * *

Se pusieron de acuerdo en que ella los recogería en la casa que Alex estaba alquilando hasta que pudiera encontrar un lugar en el barrio. Quedaba apenas a dos kilómetros de la casa de ella, en una urbanización compuesta por una mezcla de casas independientes y agregadas, construidas una docena de años atrás. TJ y su esposa también tenían una casa en esa zona. Antes de la urbanización, el área había sido una granja lechera.

La casa de Maya estaba en una de las partes más antiguas de la ciudad. Tenía casi cincuenta años—al menos la primera planta. La segunda planta tenía un año. Maya la había agregado cuando el negocio empezó a prosperar. En cuanto a la cocina, era muy atrasada. El hermano de Daisy estaba ayudándola a renovarla. Demoraría unas semanas antes de que estuviera lista y, en el interín, Maya comía fuera, o en casa de Daisy.

Pero esa noche, tal como ellos lo habían acordado antes, comería con Alex y su hija. Y se negaba a ponerse nerviosa por eso. Ella era competente y tenía confianza en sí misma. Todos los días tenía que vérselas con situaciones complejas.

Pero los niños eran algo totalmente distinto, pensó al llegar frente a la casa que tenía el número que Alex le había dado. Al tocar en la puerta, jugueteó con el borde del abrigo, y se lo cerró más. En apenas una hora desde que había salido de su oficina, la temperatura había disminuido drásticamente y había frialdad en el aire. El invierno todavía no se había ido del todo de esa zona.

Alex abrió la puerta un segundo después, y el calor del interior de la casa se desbordó sobre el pequeño portal.

—Hola.

—Hola —respondió Maya, entró y le dio un abrazo.

La casa se veía amplia y ventilada y, debido a su diseño, daba la impresión de ser más grande de lo que era. Ella se paró en un recibidor, y a su derecha había un cuarto cuya pared terminaba al unirse al recibidor. Supuso que podía ser utilizado como oficina o como salón de estar, pero en ese momento estaba lleno de cajas.

A su izquierda estaba la sala, un escalón más abajo quc cl

nivel del recibidor. A lo largo de la pared más lejana, haciendo ángulo con la sala principal, había una chimenea. Más allá de ese cuarto, al mismo nivel que el recibidor y que el resto de la casa, estaba el comedor. El hecho de que las tres habitaciones dieran una a la otra hacía que el espacio pareciera mayor de lo que realmente era.

—Está muy bien —comentó ella y pasó a un corredor que recorría la casa en toda su longitud. Resonaron unos pasos que pararon abruptamente. Maya miró hacia el fondo del corredor, en la dirección de donde procedía el ruido.

Unos metros más allá, la hija de Alex estaba parada tímidamente, manoseando el borde de su camiseta color rosa brillante de los Rugrats.

Maya se acercó y se arrodilló hasta quedar a la altura de la niña.

—Hola, Samantha. ¿Ésa es Angélica? —señaló al personaje impreso en el frente de la camiseta.

La pequeñina miró hacia abajo y sonrió, mostrando una sonrisa con su dentadura incompleta.

—Sí, es Angélica. ¿Cómo tú sabías?

—Es una de mis favoritas. Pero lo que más me gusta son Tommy y los tacos. Tu papi dice que esta noche vamos a comer tacos.

Samantha asintió y miró nerviosamente hacia su padre.

—Sí. ¿Tú vienes con nosotros?

Maya no se impuso.

—Si a ti te parece bien, Samantha.

—Me gustaría que vinieras —respondió ella y extendió su mano en señal de invitación.

Con un profundo suspiro de alivio, Maya agarró la mano de la pequeña, se levantó y juntas caminaron hacia donde Alex esperaba.

—Creo que estamos listas para salir.

Después de pasar el asiento de Samantha desde el Jeep de Alex hacia el carro de Maya, se dirigieron al restaurante. La espera por que se desocupara una mesa fue agradablemente corta.

La ambientación del restaurante se basaba en la idea de algún diseñador sobre lo mexicano. Piñatas de brillantes colores y variadas formas colgaban de las vigas de madera del techo, y las paredes estaban adornadas con grandes sombreros, sarapes y carteles mexicanos de corridas de toros y otros festivales.

Los sentaron en un cubículo, y Samantha suplicó que la dejaran sentarse al lado de Maya. Ordenaron sus cenas, y cuando Maya pidió una margarita de fresa, Samantha quiso una también. Tras una rápida conversación con la mesera, acordaron que la niña recibiera una versión sin alcohol del frío trago. La mesera depositó rápidamente sus aperitivos y comenzaron por la pasta de queso, la salsa y los nachos. Mientras comían los nachos, Maya se dio cuenta de que la jovencita la estaba observando con suma atención, y al parecer imitaba cualquier cosa que ella hacía. Eso le hizo preguntarse qué tipo de influencia materna tendría Samantha, pues parecía como si estuviera necesitada de compañía femenina con la cual identificarse. Cuando Maya miró a Alex, haciendo con los ojos la pregunta que no podía decir en voz alta, él negó con la cabeza, con lo que dejó claro que aquello tendrían que hablarlo en privado.

La comida llegó y Samantha le hincó los dientes a su burrito con deleite, pues había abandonado su preferencia usual de tacos para pedir lo mismo que Maya.

—¿Está bueno? —le preguntó Alex, y su hija asintió, tragando cortésmente antes de contestar.

—Me gusta, Papi —dijo ella, mientras una mancha de salsa le llenó la mejilla cuando tomó otro bocado del burrito.

—Mira para acá, Samantha —le dijo Maya y le limpió la comida con una servilleta, de modo que parecían despertarse en ella los instintos maternales innatos.

—Gracias —replicó Samantha con una sonrisa y tomó otro bocado grande. Entonces, mientras masticaba, comenzó a decir: —Mi papi dice que los tacos no son cubanos, pero de todas maneras me gustan.

Maya miró a Alex y reprimió una sonrisa.

—Bueno, tiene razón. La comida mexicana es muy distinta de la comida cubana, pero es buena, ¿verdad?

La niña asintió, siguió comiendo y Maya concentró su atención en su propia comida, devorando en un santiamén el burrito, el arroz y los frijoles. La mesera vino y recogió sus platos, y Alex pidió un helado frito y tres cucharas.

—¿Te molesta compartirlo? —le preguntó a Maya.

Maya alzó una mano y renunció a su parte del postre.

—Para mí no, gracias. Ya he comido suficiente —además, Maya no estaba segura de que pudiera compartir otro postre con él sin pensar en su última noche juntos. Eso no sería muy buena idea con la hija de él sentada al lado de ella.

Alex sostuvo su mirada, y ella pudo percatarse de que él también se acordaba, pues sus ojos se le habían oscurecido, plenos de la promesa de pasar más tiempo solos.

—Tal vez la próxima vez —dijo él y se sonrió.

El postre llegó un segundo después, y Maya observó divertida cómo los dos devoraban la golosina, mientras Samantha le llevaba cucharada tras cucharada a la boca a su padre en tanto que ella apenas comía. Maya se dio cuenta de que el placer que los dos obtenían del helado tenía que ver más con el ritual que con la comida en sí.

Cuando salieron del restaurante, estaba nevando ligeramente, y Samantha puso su mano en la de Maya y se acurrucó más contra ella.

—Está neviznando —dijo la pequeña y Maya la miró y repitió:

—¿Neviznando?

Alex le acarició la cabeza a su hija y explicó:

—Cuando llueve ligeramente decimos que está lloviznando, ¿no? Entonces, ¿por qué no decir neviznando cuando está como ahora? —abrió los brazos y señaló hacia los minúsculos copos que caían.

Maya se rió y asintió.

—Sí, ¿por qué no? Me gusta: neviznando.

—Eso se me ocurrió a mí —apuntó Samantha; Maya le sonrió a la niña, y le acarició la cabeza con afecto—. Yo sabía que eso se le tenía que haber ocurrido a alguien inteligente. —Ante el cumplido, la sonrisa de la niña se hizo aun más amplia, y se tornó tan parecida a la de Alex que, por un instante, a Maya le costó trabajo respirar de tanta emoción. Pero se obligó a hacerlo, y abrió su auto.

En el corto trayecto hasta la casa de Alex, Samantha comenzó a quedarse dormida. Cuando llegaron, Alex cargó a su soñolienta hija en sus brazos, se excusó y la llevó a un dormitorio al fondo.

Maya se quitó el abrigo, se sentó en el sofá y esperó, comenzando a su vez a ponerse agradablemente soñolienta, por la melodía de la voz de Alex, que le leía un libro del Dr. Seuss a su hija. Mientras escuchaba el cuento de "Sam, yo soy" y los huevos verdes y el jamón, pensó en la ternura de Alex y la paciencia que había mostrado con su hija durante la noche. Para Maya estaba claro que su hija lo adoraba, y que el mundo de Alex giraba en torno a su pequeñina.

Al igual que Alex le expresó a ella sus temores de enamorarse de una adicta al trabajo, Maya tenía temores con respecto a cómo encajaría ella en el mundo de ellos, si es que eso iba a suceder.

—Maya —llamó Alex y ella se enderezó en el sofá y le respondió con una sonrisa de cansancio.

Él se sentó junto a ella en el sofá y le apartó a un lado un mechón de cabello que le había caído sobre la mejilla.

—Te veías distante. ¿En qué estabas pensando?

—En ti. En mí. En Samantha —reconoció ella y se acomodó en sus brazos cuando él los abrió.

Alex la apretó contra sí y colocó la cabeza de ella bajo su barbilla mientras le acariciaba la espalda con la mano.

—Tú, yo y Samantha pudiéramos ser una familia, Maya. Lo comprobé esta noche. Le simpatizaste, quería ser como tú —le dijo, recordándole cómo Samantha la había imitado esa noche durante la comida.

Aunque, apretada contra el cuello de él, Maya murmuró que estaba de acuerdo, él podía detectar cierta incertidumbre en su voz. Le sujetó la barbilla en la mano y suavemente le alzó la cara.

—Esta noche fue buena, Maya. La primera de muchas —dijo él, y se inclinó para probar los labios de ella, en un intento de hacerle ver las posibilidades, de la única manera en que él sabía llegarle a ella.

Los labios de ella al principio titubearon contra los de él pero, cuando él los mordisqueó e inclinó la cabeza para que sus bocas se encontraran, ella separó sus labios y le dio entrada. El cuerpo de Maya se relajó con las atenciones de las manos de él, y entonces Alex quiso más. Le cubrió un seno por debajo con una mano y dejó que su pulgar se moviera hacia arriba para buscar el endurecido pezón, y frotarlo hasta que se endureciera aun más. Dejó de besarla lo suficiente para decir:

—Tenía tanto miedo de que no me devolvieras la llamada.

Maya suspiró y susurró contra sus labios:

—No sabía bien si debía llamar.

Alex se separó, apoyó su frente contra la de ella y la miró a los ojos, sin dejar de acariciarle el pezón con el dedo. Contra los labios de él, la respiración de ella se tornó agitada, entrecortada, como la de él mismo.

—Esta vez será distinto, Mima. Los dos hemos dado el primer paso...

—Ya lo creo —bromeó ella y suspiró cuando él le frotó el pezón con el dedo índice y el pulgar. Maya cubrió temblorosamente la mano de él con la suya propia.

—Papi —oyó él, y la pequeña voz atravesó la neblina sexual que lo envolvía—. Papi —escuchó otra vez, y Maya se puso rígida en sus brazos y se separó.

—En un segundo estaré contigo, Sammy —contestó él y puso sus brazos alrededor de la cadera de Maya para mantenerla cerca físicamente, aunque la sentía apartarse emocionalmente—. Dame un minuto —prometió y le colocó un rápido beso en la frente a Maya.

Alex la soltó y se fue, y Maya aprovechó la oportunidad para recuperar la compostura, aplacando el deseo que todavía le hacía vibrar los nervios. Pasó la mano por su boca, sintiendo la ternura de los besos de él. Sus pezones se endurecieron aun más, y se dio cuenta de que tenía que irse si no quería perder el control. No podía volver a hacerlo, al menos por el momento, hasta que se conocieran mejor.

Se levantó y tomó su abrigo justo cuando Alex regresaba del dormitorio de su hija.

—¿Te vas?

—Creo que necesito irme —replicó ella con honestidad.

Alex introdujo las manos en los bolsillos y se paró frente a ella.

—Lo comprendo, Maya.

Maya asintió y se paró en puntas de pies para darle un rápido beso en los labios a Alex. —Te llamaré.

—¿Quizás el sábado? Le prometí a Sam que la iba a llevar a montar bicicleta. ¿Tal vez quieras venir con nosotros? —preguntó, esperanzado.

—Me gustaría —admitió ella y le dio un último beso antes de cruzar la puerta.

CAPÍTULO 8

Cuando Maya regresó a casa, la aguardaban el zumbido de una sierra eléctrica y el ruido de un martillo.

—¿Rey? ¿Todavía estás aquí? —gritó Maya y consultó su reloj. Eran casi las ocho y media.

—Sí, Maya. Estoy en la cocina —respondió él. Maya se dirigió hacia el fondo de la casa, donde encontró a Rey cubriendo un espacio abierto en el piso de la cocina con un pedazo de madera laminada. Se ajustaba al espacio perfectamente y ocultaba las tablas del piso que antes estaban expuestas. Rey sonrió y se levantó, sacudiéndose el serrín de su pecho al descubierto. —Hola, Mayita. ¿Trabajaste hasta tarde hoy?

Rey se acercó a Maya, con cuidado de no ensuciarle su blusa blanca, y le plantó un beso amistoso en la mejilla.

Maya le puso una mano en su brazo desnudo y le dio una sacudida de broma.

—No lo vas a creer, pero salí con un hombre.

—Qué va. Daisy le hubiera contado a su único hermano si a Mayita por fin la habían invitado a salir —replicó Rey. Extrajo el martillo de la funda que llevaba a la cintura y se arrodilló para clavar en su lugar la pieza de madera laminada.

—Daisy no lo sabe. Ocurrió inesperadamente —Maya se recostó contra el marco de la puerta y se puso a admirar la manera en que los músculos de los brazos de Rey se movían al empuñar el martillo. Se preguntó cómo podía ser que un hombre tan guapo como Rey, tan buena persona y de tanto éxito, aún estuviera soltero.

Rey detuvo su martilleo y alzó la vista hacia ella.

—No estás bromeando, ¿verdad?

—No, no estoy bromeando. Y, por cierto, ¿qué haces aquí todavía? ¿No tienes nada mejor que hacer? —lo importunó Maya. La tomó de sorpresa el endurecimiento del rostro de Rey, y la manera en que se frotó con la mano una antigua cicatriz que tenía a lo largo de las costillas.

—Prometí que tendría esto terminado en una semana más, y me gusta cumplir mis promesas —dijo Rey y continuó martillando.

Maya se le acercó y se inclinó hasta que su cara estuvo al mismo nivel que la de Rey, pero él continuó martillando hasta que ella le puso una mano en el hombro. Al fin él le prestó atención, pero tenía la mirada inexpresiva.

—¿Qué pasa?

—Comprendo que a veces las cosas toman más tiempo de lo esperado. Había daños provocados por el agua y tú no lo sabías. Además, yo decidí añadir esos nuevos armarios, así que no incumplirás tu promesa si te tomas un poco más de tiempo.

Más relajado, Rey clavó varias puntillas más con diestros martillazos y entonces se levantó y se zafó el cinturón de las herramientas.

—Te agradezco la confianza que has depositado en mí, Maya.

Maya se sonrió y cruzó los brazos sobre el pecho.

—Te la mereces, Rey. Pero te voy a pedir un pequeño favor.

Rey alzó una de sus oscuras cejas e inclinó la cabeza mientras estudiaba la expresión de Maya. Un instante después, le sonrió y la apuntó con un dedo.

—Quieres que no le diga nada a Daisy sobre tu salida con ese hombre, ¿no es eso? Como si yo pudiera ocultarle algo a ella, Maya —Se quitó sus guantes de trabajo y los lanzó sobre la sierra de banco que estaba en el centro de la cocina. Apoyado contra la sierra, imitó la postura de Maya, cruzando sus musculosos brazos sobre su igualmente esculpido pecho—. Sabes bien que Daisy hubiera podido ser una Gran Inquisidora.

Maya se rió y asintió.

—Rey, ella a veces puede ser terrible.

—De veras que sí. ¡Pobre Brad! —rió él.

Maya prestó atención y se acercó más a Rey.

—¿Así que Brad, no? ¿Daisy está interesada en Brad y te lo contó?

Rey no se inmutó y siguió apoyado perezosamente contra la sierra.

—Daisy no me ha contado nada, pero es evidente. Y también es evidente que el hombre con quien estuviste esta noche y lo que hiciste con él te han puesto radiante.

Maya se pasó una mano por la mejilla, se inclinó y miró el reflejo de su imagen en el cristal de la nueva ventana que Rey había instalado. La imagen no era muy clara, pero ella estaba segura de que no había ningún detalle que la traicionara. Rey se estaba imaginando cosas.

—Recoge ya y vete a casa, Rey... o, si quieres, quédate a dormir en el cuarto de invitados.

—¿Y eso no le molestaría a tu amigo? —le preguntó Rey, inclinándose más hacia Maya mientras ella pasaba junto a él.

—A Alex no le molestaría que... —Maya se detuvo al darse cuenta de que se había traicionado a sí misma—. Prométeme que no le vas a decir nada a Daisy, Rey. Prométemelo —insistió Maya, y él asintió con un gesto marcial.

—Te lo prometo, Maya. Aunque Daisy me torture, mantendré el secreto de... Alex —respondió Rey, e hizo la señal de la cruz con un dedo sobre su corazón, la cual quedó bien definida en contraste con el serrín que le cubría el resto del cuerpo.

Maya sonrió, y con una mano le borró del pecho la cruz delatora.

—Anda a darte un baño. Te iré preparando el futón en el cuarto mientras tanto.

—¿Está segura de que no hay problemas con eso?

—No hay problemas, Rey. Te veo por la mañana —le respondió Maya, y subió las escaleras a prepararle la habitación a Rey.

Alex la llamó al día siguiente, para confirmar los planes que habían hecho para el sábado. Como él no conocía bien la zona,

Maya le sugirió un parque de los alrededores donde podían dar una vuelta en bicicleta, pues Samantha aún estaba aprendiendo a montar sin las ruedas de entrenamiento.

Después de acordar la hora en que Alex pasaría a recogerla, Maya le indicó cómo llegar a su casa.

—Estoy como a dos kilómetros de tu casa.

—Conozco más o menos la zona de Stephenville. Estuve buscando casa por ahí porque me gustaban los terrenos más grandes que tenían las propiedades —replicó Alex.

—Sí, me enamoré de la propiedad desde el momento en que la vi. La casa necesitaba varios arreglos que se han convertido en un constante proyecto de construcción, pero vale la pena. —Una vez que la cocina estuviera terminada, Maya tenía planes de añadir un garaje en un par de años. Entonces la casa estaría completa.

—Me muero por verla. Pasaremos a recogerte el sábado, a no ser que quieras comer pizza con nosotros el viernes por la noche —dijo Alex, esperanzado.

Maya abrió su libreta de citas, y frunció el ceño. Tenía una reunión de negocios el viernes por la tarde, que seguramente se extendería hasta la hora de la cena. No quería desilusionar a Alex, pero aquel compromiso no lo podía cancelar.

—Lo siento mucho, Alex. Este viernes no puedo, tendrá que ser en otra ocasión.

Alex aceptó su respuesta con gentileza y se despidió cariñosamente de Maya antes de colgar el teléfono, pero ella se quedó pensando cuántas veces más tendría que decirle que no, y cuántas veces él sería tan comprensivo. Preocupada por esto, tomó su libreta y se horrorizó al ver cuántas citas y reuniones ya había planeado para las próximas semanas. Incluso tenía una o dos en los martes de tacos.

Maya se detuvo ante esta idea y se enderezó en su asiento. Sólo habían compartido en una noche de martes, por lo que no se podía interpretar que aquello se convertiría en un hábito, se dijo a sí misma. Pero su corazón le decía que se engañaba si pensaba que no sería así. El martes de tacos era un ritual para Alex y su hija, y si ella se iba a convertir en parte de sus vidas, el martes de tacos también sería parte de la suya propia. Maya llamó a Jeany por el intercomunicador e hizo una lista de las reuniones de martes en la noche que podían posponerse o cambiarse para otro día.

Jeany revisó la lista de cinco o seis citas y luego alzó la vista hacia su jefa, con una mirada que en parte denotaba curiosidad, y en parte preocupación.

—¿Es algo importante de lo cual no tengo conocimiento, señora jefa? ¿No estará enferma ni nada por el estilo, verdad?

Maya se ruborizó ante la mirada escrutadora de Jeany.

—Necesito tiempo libre de vez en cuando, eso es todo, Jeany. De ahora en adelante voy a tratar de tener libres las noches de los martes y los viernes. Por eso te pido que trates de reprogramar algunas reuniones para otras noches y que anotes por alguna parte que no quiero que nadie me ponga más reuniones nocturnas para esos días.

Jeany asintió y volvió a revisar la lista.

—La de este último martes va a ser difícil de cambiar.

Maya consultó su libreta y se dio cuenta de que Jeany tenía razón. El profesor de Rutgers con quien se iba a reunir tenía un programa muy apretado, y no había sido fácil acordar esa cita. Además, incluso si consiguiera adelantarla un par de horas, Maya tenía la impresión de que, una vez que comenzaran a hablar, el encuentro se prolongaría durante horas.

—Bueno, deja ésa como está y trata de hacer algo con las otras, ¿de acuerdo?

Jeany tachó al profesor de la lista y salió de la oficina de Maya en el momento en que Daisy y Brad entraban.

—¿Tienes tiempo para hablar sobre este contrato? —le preguntó Daisy, esgrimiendo un montón de papeles.

Maya le echó una mirada a Brad.

—¿Llegaron los contratos de las nuevas licencias?

Brad se encogió de hombros.

—Sólo el de una, pero piden exclusividad y ponen un montón de condiciones. Daisy y yo estamos de acuerdo en que piden demasiado.

La mirada de Maya pasó intermitentemente de uno a la otra.

—Así que los dos están de acuerdo, ¿eh? Entonces, ¿por

qué me preguntan a mí? Yo confío en las opiniones de ustedes dos tanto como en la mía propia.

Brad y Daisy intercambiaron miradas nerviosas. Daisy depositó los papeles en el escritorio de Maya y se sentó en el sofá.

—No estamos de acuerdo sobre por qué debemos decirles que no. Yo creo que están tratando de aprovecharse de nosotros en cuanto a los cambios que quieren que hagamos y en cuanto a quién correrá con los costos de esos cambios. Yo me inclinaría a darles la exclusiva si los derechos de patente fueran sólo un tanto más elevados.

Maya tomó los papeles, comenzó a leer y le preguntó a Brad:

—¿Y tú qué piensas?

Brad también se sentó en el sofá, al extremo opuesto de donde Daisy estaba sentada. Puso un brazo sobre el respaldo, y las puntas de sus dedos quedaron a escasos centímetros de Daisy, hasta que ella cambió de posición, evidentemente para esquivarlo. Brad le echó una mirada incendiaria y contestó la pregunta de Maya.

—A mí no me importaría hacer los cambios y asumir los costos siempre y cuando podamos integrar esos cambios al sistema y brindárselos a otros clientes. En cuanto a la exclusiva, este sistema goza de mucha demanda para que le ofrezcamos exclusividad a un solo cliente... a no ser que los derechos de patente fueran mucho más elevados. Pero no creo que ellos puedan ofrecer mucho más.

Maya murmuró un "Mmm", y continuó leyendo, pasándole por encima a la jerga legal para llegar al meollo del documento. Mientras leía, dijo en voz alta:

—¿Van a esperar ahí sentados? Después de todo, si fuera tan urgente, me lo hubieran dicho ayer, ¿no?

Daisy y Brad intercambiaron una mirada.

—Necesitamos una respuesta para mañana. Vinimos a verte ayer, pero ya te habías ido—replicó Brad, y Daisy lo secundó sin titubear—:

¿Qué, saliste con un tipazo?

Maya se ruborizó con la pregunta, pero hizo caso omiso de

ella y continuó revisando el documento y haciendo anotaciones en una libreta. Al cabo de quince minutos, había determinado las ideas principales y las sintetizó en la libreta. Las opiniones de Brad y de Daisy eran válidas, y además, le desagradaba el tono casi perentorio de la carta en la que se presentaba la propuesta. El laboratorio era una compañía importante, pero el proceso de CellTech era uno de los mejores en el mercado. Además, con las mejoras que estaban en fase de pruebas, Maya opinaba que llegaría a ser el líder de la industria.

El reciente contrato con el gigante farmacéutico había contribuido a confirmar el potencial de CellTech y, aunque aquella compañía había tomado la delantera en una de las aplicaciones del proceso, las otras aplicaciones que CellTech estaba desarrollando podían licenciarse a otros clientes. Esta otra compañía no se podía comparar con la anterior y estaba exigiendo más.

—Están muy equivocados si piensan que vamos a aceptar esa oferta —dijo Maya. Dejó los papeles sobre la mesa y miró a sus colegas—. Creo que debemos proponerles un contrato no exclusivo y pedirles por los derechos más de lo que están dispuestos a pagarnos por el sistema básico. Cualquier modificación que ellos pidan que introduzcamos en el proceso será propiedad nuestra. Debemos tener libertad de brindársela a otros —dijo, refiriéndose a las cuestiones que Brad y Daisy habían expuesto.

—Esa oferta es muy rígida, Maya —dijo Brad, con visible desazón.

—Sí, Maya. ¿No te parece que es un poco fuerte? —añadió Daisy, alineándose claramente con Brad esta vez.

Maya se encogió de hombros y le echó una ojeada a la carta de presentación.

—No acostumbro a actuar así, pero me ha enojado la actitud de esta gente. No los necesitamos tanto como ellos necesitan nuestro proceso. ¿Cuántos otros clientes están interesados?

—Dos o tres más —respondió Brad.

—Bueno, se la suavizaremos un poco más. Estoy dispuesta a correr con los gastos de las modificaciones siempre y cuando éstas sigan siendo propiedad nuestra y podamos hacer con ellas lo que nos plazca. Si insisten en mantener la exclusiva, que lo olviden, porque no hay manera de que nos puedan pagar lo suficiente para enfrentar los gastos si se les ocurre entablar una demanda judicial contra nosotros por usar una modificación remotamente parecida a la que ellos nos piden —dijo Maya, alternando la mirada entre Brad y Daisy—. ¿Concuerdan ustedes conmigo?

Daisy volvió a echarle una ojeada a sus notas y asintió:

—Yo sí. ¿Y tú, Brad?

Brad también revisó sus notas y repitió lo que Maya quería. Cuando Maya le confirmó que él había comprendido bien la posición de ella, Brad se sumó a la opinión de ella.

—Está bien. Daisy y yo redactaremos la carta y Daisy la enviará. ¿Te parece bien?

Maya asintió, mirándolos a los dos cuando se pusieron de pie frente a ella.

—Me parece bien y opino que los dos han hecho muy buen trabajo. Lo que pasa es que no creo que debemos ceder tanto por esta gente. ¿Comprenden?

—Supongo que no te fue muy bien con el tipazo, ¿no? —dijo Daisy, y Brad soltó una carcajada y le dio un codazo a Daisy en las costillas.

—Tal vez sí, Daisy. Pero quizás Maya no es una pelele como tú y yo.

Daisy levantó la cara con altivez y aguijoneó a Brad con una mirada de hielo.

—No soy ninguna pelele, Brad. Pero sé cuándo hay que dar la batalla y cuándo hay que rendirse —dijo, y dio media vuelta y se dirigió hacia la puerta, pero no antes de que Brad le disparara la última andanada.

—El día que sepas cuándo rendirte será cuando las ranas críen pelos.

CAPÍTULO 9

Después de dos días de lluvia ininterrumpida, la mañana del sábado llegó despejada y fresca. Era uno de los pocos días verdaderamente primaverales que habían tenido en abril. Gracias al buen tiempo, Maya, Alex y Samantha irían al Parque Roosevelt para montar bicicleta, y Rey y sus trabajadores podrían adelantar un poco el trabajo en la cocina.

Maya estaba atareada poniendo meriendas y refrescos en las alforjas de su bicicleta, cuando sonó el timbre de la casa. Atravesó corriendo las puertas vidrieras de su cuarto de trabajo, que estaban abiertas, y llegó hasta la puerta principal, pero ya Rey había respondido, pues en ese momento iba a salir hasta su camioneta para buscar unas herramientas.

A Alex le hubiera sido imposible ocultar su expresión mientras examinaba a Rey y se preguntaba qué estaría haciendo él en la casa de Maya, vestido con nada más que su cinturón y sus botas de trabajo, y sus muy gastados y ceñidos pantalones vaqueros. Maya se esforzó por eliminar rápidamente cualquier malentendido.

—Alex, te presento a Rey Ramos. Es el hermano de Daisy y es mi contratista general. Está trabajando en la remodelación de la cocina.

Los dos hombres se estrecharon las manos y se saludaron con sendos gruñidos, pero cuando Rey pasó a Alex se detuvo, sonrió y se inclinó para ofrecerle la mano a Samantha.

—Hola, me llamo Rey.

Samantha se rió entre dientes, le estrechó rápidamente la mano y luego se agarró de la pierna de su padre mientras le devolvía el saludo a Rey con una sonrisa tímida.

Maya extendió la mano más allá de Alex y le acarició el pelo a Sam.

—¿Y a mí no me saludas? —le preguntó. La pequeña salió de detrás de su padre y se lanzó a los brazos de Maya para darle un abrazo con todo su cuerpo, rodeándola firmemente con los brazos y las piernas—. ¿Quieres ver mi casa? —le preguntó Maya a Samantha, pero no esperó su respuesta.

Les mostró a los dos recién llegados las habitaciones de la primera planta y les enseñó el espacio vacío donde pronto estaría su cocina. No llegó a mostrarles el segundo piso. A Alex le hubiera resultado demasiado evidente que alguien había usado el cuarto de huéspedes, y ella no quería tener que explicarle que Rey había tenido que quedarse a pasar la noche otra vez debido al mal tiempo y la carga del trabajo. Se limitó a explicarles que había tres habitaciones en la segunda planta y luego los condujo a la terraza del patio, donde tenía lista su bicicleta. Mientras Alex bajaba la bicicleta de la terraza, Maya cargó a Samantha y le mostró una casa de pájaros que colgaba de un árbol envuelto en glicina que se encontraba junto a los escalones de la terraza.

—Ahí vive una pequeña familia —le explicó Maya. Samantha miró por el agujero y se rió cuando pudo ver la diminuta cabeza de un pajarito por un momento.

—¿Es tu mascota?

—No, querida. Estos pájaros son libres y simplemente decidieron construir su nido aquí. Hay otras casas de pájaros —le explicó Maya y le señaló con un gesto los árboles silvestres que delimitaban el césped de su patio y la separaban de sus vecinos. Samantha siguió con la mirada el movimiento del brazo de Maya y señaló a un cardenal de color rojo intenso que estaba posado encima de una de las casitas.

—Un pajarito rojo lindo.

Maya asintió y le explicó.

—Vienen a visitar porque yo les pongo semillas de girasol, su comida favorita, en aquellos comederos que ves allá. Y mira —agregó, bajando la voz a un susurro—. Allá abajo hay un conejito que se está comiendo las semillas que se les caen a los pájaros.

—Es muy lindo. Y tiene la cola blanca, igual que los conejitos de los cuentos —respondió Samantha y dio unas palmaditas de alegría.

—¿Ya están listas mis muchachas? —les preguntó Alex en voz alta al regresar al patio. El conejito huyó asustado y el cardenal salió disparado a ocultarse en el follaje protector de una forsitia cercana.

—¡Papi! Espantaste a las mascotas de Maya —lo reprendió Samantha y se llevó las manos a las caderas en una posición que Maya reconocía perfectamente, pues a menudo Alex hacía lo mismo.

Alex imitó la posición, ladeó la cabeza mientras las observaba a las dos, y luego miró en torno suyo.

—¿Mascotas?

Maya bajó los últimos escalones con Samantha, la depositó en el suelo y la pequeña corrió hasta su padre, le tomó la mano y señaló hacia el fondo del patio. Con su vistoso plumaje, el cardenal seguía a la vista, y un pequeño movimiento en la base de los arbustos reveló que el conejo también se había ocultado allí, pues aún se veía claramente su blanca cola entre el verdor primaveral de las hojas.

Alex se arrodilló y le dijo algo a su hija, se rió y le lanzó una rápida mirada a Maya antes de ponerse de pie y tomar de la mano a la pequeña. Le extendió la otra mano a Maya.

—¿Estás lista?

Maya asintió, le tomó la mano y se sorprendió al ver que Samantha le tomaba la otra mano a ella, de modo que formaron un círculo. Al parecer, Alex presintió que su hija no iba a dejar ir a Maya, por lo que él cedió y soltó la mano de Maya y los tres marcharon hacia el frente de la casa.

Alex había colocado la bicicleta de Maya junto a las otras dos sobre una parrilla que iba en la parte trasera del Jeep y había lanzado su casco al asiento trasero junto a los otros dos, al lado del asiento especial de Samantha. Deseosa de montar bicicleta, Samantha se acomodó rápidamente en el asiento para niños, y mientras Alex le ajustaba el cinturón de seguridad, Maya se sentó en el lado del acompañante.

Un momento dcspués, Rey pasó junto al Jeep en camino a

su camioneta. Se detuvo, movió los brazos frente a la ventanilla y le lanzó una sonrisa a Samantha, que se encontraba en el asiento trasero.

—Pequeñita, enséñale a Maya a montar bicicleta, que no es muy buena sobre ruedas —bromeó Rey.

Samantha se rió y meneó la cabeza.

—Mi Maya sabe montar —la defendió.

Rey asintió y se despidió de Samantha con un gesto. Entonces se dirigió a Maya.

—¿Tc veré luego o lo cierro todo cuando me vaya?

Alex se acomodó en su asiento y se puso a observarlos con ojos centelleantes, mientras esperaba impacientemente la respuesta de Maya.

—No sé a qué hora regresaré, así que es mejor que cierres cuando te vayas —le respondió. Rey se despidió de ellos y se apartó del auto.

El Jeep abandonó la entrada del garaje de Maya y Rey permaneció allí, con las manos apoyadas en el cinturón de herramientas hasta que, a último minuto, alzó un brazó, le hizo un gesto de despedida a Maya y se dirigió a su camioneta.

Maya le echó una mirada a Alex, quien tenía el rostro tenso, con expresión levemente molesta. *¿Por qué?*, se preguntó ella. *¿Tal vez por celos?*

—Sólo somos amigos, Alex —le confirmó, pues lamentaba no haber previsto la reacción de él ante la presencia de Rey.

Alex soltó el aliento y le lanzó una rápida mirada a Maya antes de doblar por la calle principal del barrrio de ella.

—Se veía muy a gusto en tu casa; seguro que pasa mucho tiempo allí —cuando ella se aprestaba a responder, él le dijo—: Necesito que me indiques cómo llegar al parque.

Maya se dio cuenta de que él no deseaba que le diera ninguna respuesta en relación con Rey, como si al saber más detalles fuera a poner en peligro el tenue equilibrio de su relación. No obstante, ella no iba a evitar el tema, pues eso sería peor. Le indicó los giros que tenía que hacer y terminó diciendo:

—Rey ha hecho muchos trabajos en mi casa. No hay nada más entre nosotros.

—¿No te parece que es... eh... atractivo? —le preguntó Alex y apretó el volante mientras esperaba la respuesta de ella.

Era innegable que Rey era atractivo. Bueno, pensándolo bien, era más que eso. Rey tenía una apariencia física y una actitud que metería en líos a cualquier mujer. En parte se debía a la dureza de su aspecto, pues no era gallardo como Alex. Rey tenía más bien tipo de bucanero—el tipo de hombre que una se imagina que se la llevaría a algún sitio apartado y le haría el amor por la fuerza, durante mucho, mucho rato.

Por otra parte, Alex era pulido y agraciado y también despertaba intensos deseos de amor, pero al estilo lento y sofisticado que una se imaginaría con James Bond—el estilo que Maya deseaba. Al fin le respondió a Alex:

—Es muy, pero muy atractivo, pero sólo le veo un problema.

Alex dobló por la calle que Maya le había indicado antes y luego le echó un vistazo a ella, como tratando de medir la respuesta que le daría a su siguiente pregunta.

—Y, ¿cuál es ese "problema"?

Maya lo miró a la cara, extendió una mano y se la puso sobre el muslo.

—Que Rey no es mi tipo, pues me siento mucho más atraída por ti.

Alex sonrió de oreja a oreja y Maya sintió bajo la mano que a él se le relajaban los músculos. Apartó la mano, se volvió a acomodar en el asiento trasero y terminó de indicarle el camino al parque.

Llegaron en apenas unos minutos más. El parque estaba a poco más de tres kilómetros de la casa de Maya y justo al lado de la ruta Uno, pero ella decidió ir por las calles laterales para ahorrar tiempo y para que Alex pudiera ver la parte norte de la ciudad.

Alex estacionó el Jeep y comenzó a bajar las bicicletas mientras Maya ayudaba a Samantha a salir del auto y tomaba los cascos. La ayudó a asegurarse su casco rosado, que también estaba adornado con los personajes de los Rugrats, los favoritos de Samantha.

—¿Está bien así? —le preguntó, y cuando Samantha asintió,

el casco se le mantuvo firmemente en el lugar, lo cual le confirmó a Maya que lo había hecho bien. Se tomó un momento para meterse por dentro de sus pantalones cortos azules de nilón su camiseta de la Copa Mundial de Fútbol Femenino—. ¿Juegas fútbol? —le preguntó, y recibió como respuesta un gesto afirmativo y una sonrisa de Samantha.

—Hasta anoté un gol —dijo Samantha con orgullo.

—¡Qué bien! —Maya tomó su propio casco y, mientras se lo ponía, se dio vuelta y vio el de Alex. Era de color verde oscuro, pero tenía pegadas unas cuantas calcomanías de Tommy, Chucky y los demás personajes de los Rugrats. Maya se sonrió, y cuando Alex se percató de esto, meneó la cabeza y se encogió de hombros.

—Ella quería que se pareciera al suyo —admitió tímidamente—. No me atreví a decirle que no.

Maya se inclinó hacia él y sus cascos chocaron mientras ella le susurraba al oído.—Eso te hace más adorable.

Alex sonrió ampliamente y rodeó a Maya con un brazo para acercarla a sí y darle un breve abrazo. Un instante después, se les sumó Samantha, quien les rodeó las piernas con los brazos hasta que estuvo a punto de tumbarlos con su entusiasmo.

A Maya la embargó una sensación hogareña, como si supiera que ése era su destino. Aquel hombre, que parecía haber cambiado tanto en los últimos siete años, y aquella niña que, aunque no era suya, podría serla si las cosas hubieran salido como debían. Se inclinó hacia Sam, la rodeó con sus brazos y le preguntó si estaba lista para montar bicicleta.

—Sí —le respondió Sam sin vacilar y se acercó a su bicicleta. Era de color rosa intenso y tenía colgadas de los manubrios unas coletillas multicolores y le cubrían los rayos unas tapas también muy coloridas.

—¿La decoraste tú misma? —le preguntó Maya.

—Las seleccioné yo, pero mi abuelo me ayudó a ponerlas— dijo Samantha mientras le quitaba el apoyo a la bicicleta y trataba de montarse en ella. La bicicleta se tambaleó y estuvo a punto de caerse, pero Maya se acercó y la mantuvo firme. Al darse cuenta de que Sam aún necesitaba que alguien le sostuviera la bicicleta mientras se montaba, Maya le echó una mirada a Alex.

—Deja que ella vaya delante y yo la sigo. ¿Podrás alcanzarnos? —bromeó él.

—Me las arreglaré —respondió Maya y esperó hasta que Sam se acomodara sobre el sillín y comenzara a pedalear. El manubrio se bamboleó de un lado a otro hasta que la pequeña se aceleró un poco. Alex la siguió inmediatamente, y los músculos de las piernas se le contraían visiblemente bajo sus pantalones cortos de caqui mientras pedaleaba. Sus anchos hombros cubiertos por su camiseta negra le impedían a Maya ver a Samantha, quien iba delante de él.

Maya se montó en su bicicleta y, tras pedalear un poco, los alcanzó en la senda que rodeaba un estanque artificial. Pasaban junto a gansos y patos que se dejaban llevar ociosamente por la corriente. Los peatones que habían salido a dar un paseo vespertino se hacían a un lado cuando se les acercaba la pequeña caravana. Algunos saludaban a Samantha con un ademán al verla pasar, y ella se daba vuelta y les sonreía, pues estaba evidentemente satisfecha de sí misma.

—Mira por dónde vas —la reprendió Alex, con tono tan paternal que Maya tuvo que reprimirse la risa. Recordaba una conversación que habían tenido poco después de su compromiso, en la que habían tocado el tema de los niños. Alex le había jurado que no se convertiría en un padre sobreprotector y asfixiante, como habían sido los suyos. Maya veía que la paternidad lo había hecho cambiar levemente de filosofía.

A un extremo del estanque, había un pequeño puente que cubría una especie de represa, la cual servía para mantener estable el nivel del agua en el estanque. Sam se detuvo de forma tambaleante. Se acercó a las barandas, que eran demasiado altas para su estatura y, a través de los agujeros, se puso a mirar cómo el agua corría a sus pies. Le hizo un gesto a su padre, quien apoyó correctamente las dos bicicletas y luego alzó a Samantha por encima de las barandas para que pudiera ver mejor.

—¡Se está yendo el agua del estanque, Papi! —exclamó con cara de preocupación.

Maya admiró la paciencia y la comprensión de Alex al explicarle a la pequeña cómo la represa servía para mantener el agua al nivel adecuado. Sam respondió con un "Ah", y luego se escurrió de entre los brazos de su padre y regresó a su bicicleta.

Maya se acercó de nuevo para mantenerle firme el manubrio a Sam, y la pequeña volvió a partir por la senda, pasó junto a las canchas de tenis, que estaban repletas de tenistas, y regresó en dirección al auto. Maya iba detrás de ella y Alex se le puso al lado, pedaleando lentamente para mantenerse al paso de su hija.

La calidez del día de primavera y la leve brisa que sentían al ir en las bicicletas eran muy agradables. A Maya le parecía aun más agradable la silenciosa camaradería del momento, y le echó una mirada a Alex, preguntándose si él estaría contento. Nada en su expresión daba a entender si lo estaba o no, de modo que Maya continuó pedaleando, siguió a Sam por la senda, y luego le dieron otra vuelta al estanque. Samantha volvió a aminorar la marcha al acercarse al puente de la represa, pero en esta ocasión no se detuvo. Siguió pedaleando hasta que llegó al punto de la senda más cercano al auto. Esta vez sí se detuvo de súbito, de modo que Alex y Maya estuvieron a punto de caerse. Esto le mereció una reprimenda de su padre.

—Recuerda que no debes parar sin avisarle al que va detrás de ti, Sam.

—Papi, tengo hambre —respondió y le echó un vistazo a Maya—. ¿Tú también tienes hambre?

—Sí, Samantha. Traje algo de merienda y unos refrescos —dijo Maya y le indicó a Alex unas mesas de picnic que estaban al otro lado del estacionamiento—. Si quieres seguir montando bicicleta después de merendar, podemos comer allí. Pero si te parece que Samantha preferirá ir a jugar, podemos poner las bicicletas en el Jeep y seguir hasta otro lado del parque donde hay muchos columpios y cosas por el estilo, pues allí también hay mesas para merendar.

Samantha comenzó a pegar saltos de emoción y a dar palmadas. —Los columpios, Papi, por favor. Por faaavooor...

Alex le echó una mirada a su hija y le sonrió antes de dirigirse a Maya.

—¿Sabes que si la llevamos, luego va a hacer falta un ejército para sacarla de allí?

Maya se encogió de hombros y le acarició afectuosamente la cabeza a Sam mientras la pequeña le rodeaba la cintura con los brazos y seguía suplicándole. Uno de sus tirones estuvo a punto de hacer que Maya perdiera el equilibrio, lo cual le mereció a Sam una severa mirada de advertencia. Se detuvo y profirió un último "por favor".

—Yo no tenía ningún otro plan para hoy, así que, si a tu Papi le parece bien...

La pequeña se lanzó contra su padre, le rodeó las piernas con los brazos y le dijo:

—Gracias, Papi, eres el mejor papá del mundo.

La mirada de Maya se encontró con la de Alex, quien notó la expresión de sorpresa en los ojos de ella.

—Así que eres un pelele —le dijo Maya.

Alex le sonrió, extendió los brazos y acercó a Maya hacia sí.

—Sólo para las dos mujeres de mi vida —respondió y le mordisqueó el lóbulo de la oreja a Maya, lo cual la hizo sentir una oleada de calor que le recorrió el cuerpo. Accidentalmente, la mano de Alex cayó en el espacio de piel al descubierto que quedaba entre la camiseta y los pantalones cortos de Maya, de modo que aprovechó la oportunidad para acariciarle la piel húmeda de sudor.

—Alex —le advirtió ella, pero él no le hizo caso y le dio un ardiente beso en la boca. Al apartarse de ella, le echó una mirada a su hija, quien los estaba observando a los dos con una expresión de sabiduría que no se correspondía con su edad.

—Papi quiere a Mima —declaró Samantha y Alex asintió, las tomó a las dos de las manos y las condujo en dirección al Jeep.

—Prepárense mientras yo aseguro las bicicletas. —Su tono de voz era áspero, por lo que Maya se preguntó si estaría enojado por haber revelado más de la cuenta ante su hija. No pudo averiguarlo, pues él estaba atareado colocando las bicicletas en la parrilla.

Maya también entró en acción y ayudó a Samantha a subir

al asiento trasero del Jeep y acomodarse en su asiento especial para niños. Le ajustó el cinturón de seguridad, dio la vuelta y se acomodó en el asiento del acompañante. Se alisó sus pantalones cortos de dril y el borde de su camiseta de algodón sin mangas.

Alex se les sumó un momento después, arrancó el Jeep y Maya le indicó cómo llegar hasta la próxima sección del parque. Estaba apenas a treinta metros, pero no había manera de llegar allí en bicicleta sin pasar por la calle. Maya no quería arriesgarse a hacerlo, pues Samantha aún era muy pequeña y no dominaba bien la bicicleta.

Se estacionaron cerca de las mesas de picnic, a poca distancia de donde estaban los tradicionales columpios, los toboganes y las barras, además de una gran instalación de tuberías plásticas, rampas y redes para que los niños gatearan por dentro de ellas. Al verlos, Samantha hubiera querido quedarse sin merendar, pero Maya le insistió en que necesitaba alimentarse si quería tener energías para divertirse de veras.

Samantha lo pensó por un segundo y luego accedió a la sugerencia de Maya, quien sonrió y le echó una mirada a Alex, que se veía sorprendido.

—Tienes facilidad con la gente, Maya —dijo, arrastrando las palabras.

—Gracias. Daisy y Brad me han dicho que tengo ese don.

Alex enarcó una ceja.

—¿Pelean a menudo?

Maya sacudió la cabeza.

—No tanto. Me parece que tenías razón —le dijo a Alex antes de abrir la portezuela y salir del auto. Lo mismo hizo él y ambos abrieron la puerta trasera del Jeep e intercambiaron unas palabras así, de cerca, mientras Maya le zafaba el cinturón a Samantha—. Creo que se gustan, pero que no se han dado cuenta.

Alex soltó una carcajada.

—Lo siento por el hombre, Maya. Me da la impresión de que Daisy lo va a hacer sudar la gota gorda.

—Daisy parece dura por fuera. Tuvo que ser así para sobrevivir, pero por dentro... es blanda como una esponja dulce —le confesó Maya, y le hizo cosquillas en la barriga a Samantha por debajo del cinturón de seguridad.

Alex no quedó convencido.

—Si tú lo dices, pero la creo capaz de reaccionar muy violentamente si alguien trata de pisotearla... a ella o a sus amigos —le dijo y cargó a Sam para sacarla del asiento.

Maya asintió, cerró su portezuela y dio la vuelta hasta la parte trasera del Jeep, donde abrió las alforjas que llevaba en la parrilla de la bicicleta. Alex, con Samantha en brazos, la siguió hasta una mesa de picnic que estaba desocupada. Maya extrajo de un lado de las alforjas una pequeña manta de cuadros y la extendió sobre la mesa. Vació el otro lado y puso sobre la mesa varios jugos de frutas, una bolsita con zanahorias y otra bolsa más grande con emparedados de mantequilla de cacahuete y gelatina cortados en triángulos.

Alex le alcanzó a Sam una servilleta y un jugo, y dispuso unas zanahorias y dos cuñas de emparedado en otra servilleta. Su hija comenzó a comer de inmediato, probando golosamente las zanahorias y absorbiendo el jugo de frutas hasta que produjo un ruidoso gorgoteo al tomar los últimos sorbos.

—Samantha, por favor. Compórtate como una dama; cierra la boca al comer y no hagas ruido al tomar el jugo —le suplicó Alex mientras le alcanzaba a Maya una servilleta con su merienda y se preparaba otra para él.

Maya tomó la servilleta y se sentó a la mesa frente a Samantha y junto a Alex.

—Gracias.

—Gracias, Papi —dijo Samantha de pronto, imitando a Maya. Luego miró a la joven y ésta le sonrió, alzó un pedazo de zanahoria y lo batió frente a Sam—. Termina de comer tranquilamente, por favor. Luego podrás ir a jugar.

Samantha le sonrió de oreja a oreja y siguió comiendo mientras Alex y Maya continuaban su conversación anterior.

—Daisy es una buena amiga y me gustaría que la conocieras bien. Lo mismo con TJ, Brad y los demás. Tal vez Sam y tú pueden venir a conocerlos a todos.

—Me parece bien —replicó Alex, y terminó su emparedado

en el momento en que Samantha se levantaba de golpe de su asiento.

—Estoy lista, Papi —le tomó la mano al padre y comenzó a bailotear. Alex le sonrió con indulgencia y le echó una mirada a Maya. —¿Lista?

—Vayan ustedes delante. Yo recogeré y los alcanzaré en aquella loma que hay junto a los columpios —dijo mientras señalaba hacia un pequeño otero cubierto de césped que había en las cercanías.

Alex se puso de pie y fue corriendo con su hija hasta el área de juego. Lo primero que hizo Samantha fue subir por las rampas, y Maya vio cómo Alex se transformaba en un padre nervioso, corriendo de un lado a otro mientras trataba de no perder de vista a su hija en aquel laberinto de túneles y rampas.

Maya volvió a guardar los jugos que quedaban en las alforjas de su bicicleta, y lanzó a la basura lo poco que quedaba de zanahorias y emparedados. Después de doblar la manta, se la echó al hombro junto con las alforjas y se dirigió sin prisa a la pendiente, donde extendió la manta al sol.

Se sentó, extendió los brazos hacia atrás y se apoyó en ellos. Vio que Alex seguía afanado, como una mariposa que liba el néctar de distintas flores, mientras corría de un tubo al otro, vigilando a su hija. Maya volvió a pensar que él era un buen padre, y volvió a preguntarse cómo encajaba ella en aquella estampa familiar. Hasta el momento habían pasado bien el día, y Samantha le simpatizaba de veras, pues disfrutaba su vivacidad y los cálidos y fuertes abrazos que daba constantemente. Como tenía veintiocho años, aún no había comenzado a sentir el tic tac de su reloj biológico, pero el hecho de estar cerca de Samantha la había hecho súbitamente querer que hubiera un niño en su vida. Combinado con la presencia de Alex, Sam la hacía sentirse plena, de una manera que nunca antes había experimentado.

Se reclinó sobre la manta, apoyó la cabeza en las manos a manera de almohada y cerró los ojos, para sentir la calidez del comienzo de la primavera en su rostro y en las partes de sus brazos y piernas que tenía al descubierto. Disfrutaba el ruido de las risas infantiles desde el área de juego y el discreto sonido de vitalidad que provenía de la arboleda que había al otro lado del otero. Era un agradable cambio en comparación con el ritmo de su vida diaria. Entonces se dio cuenta de la vida tan distinta que pudiera tener. Una vida en la que mantuviera su profesión, pero también tuviera una familia que la hiciera sentirse completa.

El suave sonido y la vibración de unas pisadas la alertaron sobre la presencia de Alex un segundo antes de que él se acostara junto a ella y le colocara una mano sobre el torso, lo cual hizo que el corazón de Maya dejara de latir por un instante. Mantuvo los ojos cerrados mientras el calidoscopio de colores que el sol le creaba en los párpados se tornaba más cálido e intenso.

—Hola, Alex —le dijo en tono bajo.

—Mima, te ves muy simpática cuando tratas de fingir que no me has notado —le susurró al oído, y le mordisqueó el lóbulo de la oreja.

Maya abrió los ojos, volteó la cara y lo vio, cerca de ella y sumamente masculino. Al ver que la mano de él se escurría un poco más allá del borde de su camiseta, y al sentir que el calor de él se encontraba con su piel calentada por el sol, Maya dio un salto y le advirtió:

—Estamos en un lugar público.

Alex retiró la mano y le sonrió con expresión traviesa. —¡Sí, qué pena! Tal vez luego.

Alex se sentó y cruzó las piernas. Maya también se incorporó, revisó el área de juegos en busca de Samantha. Al divisarla, se tranquilizó.

—Te has vuelto igual que una gallina con sus pollitos, Mima —le comentó Alex, con clara expresión de sorpresa.

Maya alzó las rodillas, se inclinó hacia delante y se las rodeó con los brazos. Cuando Samantha miró en dirección de ellos y sonrió haciéndoles ademanes, Maya le respondió el saludo con la mano hasta que la pequeña siguió jugando.

—Ella es una delicia, Alex —reconoció y le echó una mirada—. ¿Quién no querría ser su madre?

Maya hubiera deseado retirar lo dicho al ver que él se ponía rígido y su mirada se tornaba dura. Con la expresión tensa, Alex replicó:

—Anita no quiso serlo.

Anita tampoco quiso seguir con él, reflexionó Maya, pero no lo dijo en voz alta. La ex esposa de Alex lo había herido en muchos sentidos. Tanto así, que esas heridas aún estaban influyendo en su posible relación.

—Era una tonta, Alex.

—Mmm —murmuró él y permaneció en silencio un rato—. Que me acusen de machista o de lo que sea, pero yo creía que las mujeres estaban destinadas a ser madres. Para mí, una vez que una mujer tuviera un hijo, desearía ocuparse de él.

—Ese concepto es definitivamente atrasado, Alex. Sería como suponer que por el simple hecho de que los hombres tienen espermatozoides, están destinados a ser padres. —Maya sonrió al ver que Samantha había encontrado a otra niña de su edad y las dos habían ido corriendo al balancín.

—Tienes razón. Hace unos años, cuando un padre mató a golpes a su hijo, uno de mis pacientes me dijo que es sorprendente que el gobierno obligue a la gente a someterse a un examen para obtener la licencia de conducción, mientras que cualquier incompetente puede tener un hijo —Alex farfulló una palabrota y sacudió la cabeza—. Definitivamente, Anita hubiera suspendido el examen de maternidad.

Samantha se cayó de golpe del balancín cuando su nueva amiga se levantó de pronto, y Maya estuvo a punto de ir a ver qué le había pasado, cuando Alex la tomó por el brazo para impedírselo. Maya esperó un minuto y Samantha se sacudió los pantalones y salió corriendo detrás de la otra niña. Se fueron a las tuberías y desaparecieron de vista. Maya le echó una mirada a Alex y él le respondió con expresión absorta.

—Trato de no protegerla demasiado. A ella no le gusta eso —Alex no desperdició ni un instante y comenzó a acariciarle el brazo a Maya hasta entrelazar sus dedos con los de ella—. Pero tú sí le gustas, Mima. Y definitivamente parece que tú sí aprobarías el examen de maternidad.

Maya se sonrojó y se llenó de turbación, y trató de no darle demasiado peso a aquel comentario.

—Sólo ha pasado una semana, Alex. Todavía es demasiado pronto para saberlo.

Alex le apretó la mano y la acercó hacia sí. Su mano volvió a situarse sobre el torso de Maya y comenzó a acariciarla por debajo del borde de la camiseta.

—No me puedo imaginar que pudieras poner tu trabajo por encima de tu vida personal.

Maya se rió bruscamente y, con la mano que tenía libre, le agarró los dedos a Alex y le impidió seguir ascendiendo.

—Hasta aquella noche en South Beach, yo no tenía vida personal, Alex. Esto es un gran cambio para mí —quería hablarle por lo claro—. No puedo garantizarte que no voy a malograrlo todo ni que no voy a cometer errores.

Alex le retiró la mano del torso y le acarició la mejilla.

—Yo tampoco soy perfecto, Mima. Pero espero que juntos podamos hacer que esto funcione.

Maya le sonrió, se recostó contra Alex y él la rodeó en su abrazo, dándole fuerzas para creer.

CAPÍTULO 10

Alex acompañó a Maya hasta la puerta de la casa de él, apoyándole la mano por la parte de atrás de la cintura. Cuando llegaron al descansillo, la tomó por la cintura y la hizo darse vuelta para que lo mirara a la cara.

Maya se quedó inmóvil y la mano que tenía sobre la cintura la quemaba a través de la delgada camiseta de algodón.

—Me parece que debo irme antes de que oscurezca demasiado para regresar en bicicleta o antes de que salgan los mosquitos.

—Podría despertar a Samantha...

Ella lo silenció poniéndole una mano sobre los labios.

—¿Para que me lleven en carro a dos kilómetros de aquí? Sólo me tomará diez minutos llegar en bicicleta.

Alex le tomó la mano y le dio un beso en la palma, un beso que—al combinarse con sus siguientes palabras—hizo que el corazón le diera saltitos en el pecho.

—Puedes quedarte.

—¿Y pasar la noche? ¿Estás loco? —le susurró, pues no quería que Samantha los oyera.

Alex le tomó la mano y se la colocó sobre su propio hombro, mientras se acercaba a ella. La mano que la tomaba por la cintura la instaba a aproximarse a él hasta que sus cuerpos quedaron rozándose, y la fricción hizo que una chispa de deseo se encendiera dentro de ella.

—Estoy loco, por ti —reconoció, rozando sus labios contra los de ella en un susurro mínimo.

Maya lo miró a los ojos, y sus labios, como si tuvieran voluntad propia, siguieron acercándose a los de él hasta acariciarlos muy levemente. Él tenía los ojos ensanchados y oscuros de pasión, tan oscuros que ella casi podía ver en ellos el reflejo de sus propios ojos. Maya supo del amor que sentía por él, por el hombre en quien él se había convertido, paciente y amoroso con su hija. Un hombre que se tomaba el tiempo de escuchar a la mujer en quien Maya se había convertido, y dejaba entrever su respeto por todo lo que ella había hecho con su vida. También dejaba entrever que la aceptaba como era, a pesar de que todo era muy distinto de lo que ambos habían previsto en su momento.

—La semana pasada no te llamé porque tenía miedo —reconoció ella mientras cerraba los ojos y probaba con sus labios la dureza del borde de la boca de Alex. Él le tomó el mentón en la mano y comenzó a profundizar el beso.

—¿De qué? —le preguntó, pero ella no respondió, pues estaba saboreando la forma y el gusto de los labios de él—. ¿De qué tienes miedo? —volvió a preguntarle.

—De mí —reconoció ella, pasándole las manos por el cabello para atraerlo hacia sí y mantener sus labios junto a los de él mientras su cuerpo se acercaba más a él, hasta que sus caderas quedaron pegadas contra las de él y contra la creciente prueba de su deseo—. De lo que siento por ti y de lo pronto que es —terminó de decir con tono grave, y entonces abrió los ojos y consiguió apartar sus labios de la tentación que le representaban los de él.

Alex descansó sus antebrazos sobre los hombros de Maya, le llevó las manos al cabello, y se lo apartó hacia atrás hasta dejarle los costados del cuello al descubierto. Bajó la cabeza, le mordisqueó el lóbulo de la oreja a Maya y susurró:

—Nada en la vida es seguro, Maya, especialmente el amor. Pero sé lo que siento por ti —apretó la cara contra la mejilla de ella, y fue dándole besitos por toda la cara—. Esta vez podría ser mejor que nunca si estás dispuesta a arriesgarte.

Lo quería hacer, de veras. Cuando él le recorrió el mentón hasta el borde de la boca, donde le dio un montón de excitantes besos, las preocupaciones de Maya se desvanecieron y fueron sustituidas por una explosión de deseo que la hizo sentir débiles las rodillas. Se reclinó contra él, y ahora sus cuerpos se fundían uno con el otro. Maya sentía que algunas partes de su cuerpo se henchían y se acaloraban, lo que la hizo desear que consumaran la unión y se unieran en un mismo ser.

Alex se percató del cambio que estaba teniendo lugar en ella, por la manera en que se derretía como la cera caliente y se tornaba fluida en sus brazos. Se inclinó y la levantó del suelo, ante lo cual ella se rió nerviosamente mientras se asía de los hombros de él.

—Alex —lo reprendió, aunque su tono de voz seguía matizado por la risa—. Ya no tienes veinte años.

—Gracias a Dios —replicó él. A los veinte años, era tan estúpido que no hubiera sido capaz de valorar lo que ahora llevaba en sus brazos.

Dio varias vueltas en el pasillo con Maya en brazos, para demostrarle que ella no era ninguna carga, y se apresuró a cubrir la corta distancia que lo separaba del dormitorio. Atravesó el umbral, cerró la puerta con un pie y caminó hasta el borde de la cama, donde dejó que Maya se escurriera de sus brazos.

Maya lo tomó por los hombros para agarrarse mientras su cuerpo ondeaba contra el de él. Alex la rodeó con sus brazos, pero las manos le temblaban levemente. La frente de Maya se rozaba contra la línea del mentón de Alex, y él le dio un beso allí, recorriéndole luego el ceño con sus labios.

—¿Alex? —le preguntó ella, sorprendida de su propia falta de aliento al hablar.

—Sí, querida. ¿Qué quieres? —respondió él, y se inclinó una pizca para susurrarle al oído.

—A ti —replicó ella sin titubear, mientras se rozaba contra él y se alzaba en puntas de pies para apoderarse de su boca.

Alex dejó escapar un gemido dentro de la boca de Maya y la tomó por los brazos para apartarla un poco de sí.

—Sabes qué... —comenzó a decir—, aquella noche en South Beach fue maravillosa —puntualizó sus palabras con un leve mordisco de los labios de Maya—. Pero nos apresuramos.

Como se sentía traviesa, Maya rozó su cuerpo contra el de Alex y le recorrió con la lengua el borde de los labios.

—¿En qué momento?

Alex se rió gravemente, le rodeó la cintura con los brazos y la atrajo hacia sí.

—Esta vez —dijo casi en un gruñido —vamos a hacerlo suavemente... y... despacio.

Maya se rió entre dientes y apretó sus labios contra los de él. Sentía la erección de Alex como un duro promontorio contra su estómago, y por un instante se quedó sin aliento. Se apartó un poco de él mientras seguía acariciándole los músculos de los hombros con las manos.

—¿Qué tal si sólo nos concentramos en hacerlo despacio, Alex? —lo mortificó.

Él se rió ante la insinuación, se inclinó hacia ella y le gruñó al oído:

—¿Quieres que sea muy despacio?

Maya sacó el borde de la camiseta de Alex de dentro de sus pantalones cortos y le fue recorriendo su suave piel por debajo del tejido de algodón. Se inclinó hacia él y le susurró al oído:

—Toda la noche, mi amor.

El cuerpo de Alex se puso rígido contra el de ella, lo cual le indicaba que el juego se había convertido en algo más serio. Alex se apartó un paso de ella, alzó las manos y se las hundió en su abundante cabellera para acariciarle el rostro. Entonces, lentamente, tal como le había prometido, se concentró en el segundo botón de la camiseta de ella y se lo zafó. Apenas nada quedó al descubierto, de modo que Alex le echó una mirada a Maya y, encogiéndose de hombros con una sonrisa desconsolada, desabotonó el siguiente y la camiseta se abrió ligeramente, dejando al descubierto un poco del espacio entre los senos de ella y el borde de su sostén.

Maya esperaba que Alex pasara al siguiente botón, pero él la sorprendió al darle un beso en el espacio sobre su corazón y recorrerle con los labios la parte superior de los senos. Maya quería más, de modo que le tomó la cabeza y lo apretó contra sí, pero él sacudió la cabeza, como un perro que se está quitando el agua, y murmuró:

—Despacio, querida, ¿sabes?

No obstante, a pesar de sus palabras, no se demoró mucho con el resto de los botones. Después de darle una lenta caricia en la cintura por debajo de la camiseta, se detuvo para disfrutar el espacio de piel que la prenda abierta dejaba al descubierto.

—Eres tan linda, Mima —le dijo por lo bajo y le retiró la camiseta por completo, de modo que la dejó en sus pantalones cortos y su sostén de flores.

—Gracias, Alex, pero a mí también me gustaría ver lo lindo que eres tú —Maya sonrió y le tomó el borde inferior de la camiseta. Con unos pocos movimientos, terminó por lanzar su camiseta a un lado y dejar al descubierto el torso de Alex. Su piel era suave y sin vello, y tenía un leve tono bronceado que le daba un color denso y cremoso. Era delgado y de musculatura ligera, o sea, precisamente al gusto de Maya.

—Los hombres no son lindos —replicó Alex, pero disfrutó con fruición mientras, con las manos, ella le recorría los hombros y llegaba hasta sus músculos pectorales, haciendo que el calor le recorriera el cuerpo. Alex colocó sus manos sobre las de ella, y la delicadeza de sus huesos le hizo recordar la fragilidad de muchas cosas: De la vida. Del amor. Del corazón de Maya, el cual él quería proteger. Suavemente, le fue deslizando las manos a lo largo de los antebrazos, y luego volvió a subir hasta los hombros. Maya temblaba mientras él la abrazaba así, pero siguió recorriéndole con las manos su masculino cuerpo, desde el pecho hasta el estómago y el borde de sus pantalones cortos. Osciló hacia él, casi como si hubiera perdido el control, y sus labios le rozaron el pecho a Alex, en una caricia tan leve que él pensó que se la había imaginado, hasta que miró hacia abajo y vio que los labios coralinos de Maya le saboreaban la piel cerca del corazón.

Alex sentía que el aliento se le volvía denso en el pecho, y sus manos se asieron fuertemente de los hombros de Maya, por temor de que desapareciera. No hubiera podido soportar que ella lo abandonara. No sabía cómo había sobrevivido tanto tiempo sin ella, y las palabras se le escaparon de los labios, haciendo que Maya se detuviera al escucharlas.

—No sé cómo pude alejarme de ti, Maya. Cómo he podido vivir sin sentir lo que estoy sintiendo en este momento.

Maya sintió que el corazón se le quería salir de las costillas, y alzó la vista hacia él. Vio tanto amor allí en su mirada. Vio tantas cosas que ella había esperado en todo el tiempo que pasaron juntos, en todos los momentos posteriores de soledad. Y esta vez, estaba a su alcance. Esta vez, el amor le podía pertenecer si ella se abría a él, y no le negaba nada.

—Aquí estoy, mi amor. No voy a ninguna parte —le dijo y avanzó hacia él para dejarse abrazar. Le rodeó la cintura con los brazos y lo apretó contra sí lo más fuertemente que pudo.

Se quedaron así, abrazándose con toda la fuerza posible, mientras el tiempo transcurría y aumentaba la tensión entre ellos. Maya quería más, mucho más. Se liberó de su abrazo, se llevó las manos al cierre delantero de su sostén, y lo zafó. Se sacó por completo el sostén, de modo que no ocultaba nada.

—Acaríciame, Alex.

Alex cerró los ojos y dejó escapar un gemido, pero entonces volvió a abrirlos, y Maya supo que no se negaría. Le llevó las manos hasta la parte de abajo de los senos y se los tomó así, como si estuviera pesándolos en sus manos. No intentó seguir avanzando, y Maya le tomó las manos con las suyas e hizo que le cubriera los senos con ellas, apretándolo contra sí de la misma manera que él le había tomado las manos antes a ella.

—Despacio, Alex, recuerda —le dijo gravemente, y se inclinó hacia adelante y le recorrió el borde de los labios con la lengua. Sintió en la boca su fuerte sabor, lo cual la incitó a continuar.

Maya apartó sus manos de las de Alex, se inclinó hacia él y lo apretó por los hombros mientras profundizaba el beso.

La mente de Alex quedó envuelta en un torbellino al sentir el calor que despedían el cuerpo y los labios de Maya. La atrajo hacia sí por los brazos para responder al llamado de su boca; su lengua se unió con la de ella y saboreó la evocadora dulzura de su boca. Cuando ella se inclinó más hacia él, sus duros pezones se rozaron contra el pecho de Alex, y entonces él supo que, aunque ella quería que fuera despacio, y aunque él había prometido que iría despacio, esta vez no sería así.

Alex se sentó en el borde de la cama, pues tenía débiles las rodillas a consecuencia de los besos de Maya. Entonces, se apartó de su boca, hundió el rostro en el espacio entre los senos de ella, y sintió que el corazón le latía fuertemente, pero de forma errática. A Alex se le trabó el aliento en el pecho al sentir que ella le tomaba la cabeza en las manos, y alzó una mano para acariciarle con el dedo pulgar las turgentes puntas de sus senos.

—Mima, te quiero —le dijo antes de acercarse a ella, tomar su pezón entre los labios y comenzar a besarlo e imaginarse que, como si fuera un niño que se amamantaba del pecho de su madre, el amor de ella fluía hacia él, le alimentaba el alma y le borraba cualquier duda que pudiera tener.

Cada roce de los labios de Alex era como un tirón que le recorría todo el cuerpo y le llegaba al corazón, y a la ingle. Lo apretó fuertemente contra sí, y él movió la cabeza hacia su otro pezón, mientras alzaba una mano para seguir acariciándole el seno que le había estado besando. Maya sintió aumentar la humedad entre sus piernas e intensificarse el deseo mientras Alex se concentraba en sus senos y ella le recorría el torso con las manos, como para aprenderse las formas y las texturas de su cuerpo.

Cuando él le mordisqueó suavemente la punta de un seno, Maya exhaló un gemido y sus caderas se mecieron contra Alex, como invitándolo a hacer más, y él aceptó la invitación. Mientras le acariciaba los senos con la cabeza, y el contacto de su suave cabello se tornaba erótico contra los sensibles pezones de ella, Alex miró hacia abajo y le zafó el cierre de sus pantalones cortos de dril. Aguantó el aliento y gimió al darse cuenta de que ella no llevaba nada por debajo del dril.

Maya no perdió el tiempo. Con un sugerente movimiento de sus caderas, los pantalones cortos sueltos cayeron al suelo y rápidamente sus pies se liberaron de ellos. Alex se inclinó para hacerlos a un lado y aprovechó la oportunidad para darle un beso por encima de la rodilla, luego otro más arriba por el muslo y luego aun más alto, en el sitio que quedaba justo por encima de su nido de rizos castaños. Con un movimiento rápido e inesperado, hizo que el cuerpo de Maya descansara sobre la cama y las piernas quedaran hacia un lado.

—¿Alex? —le preguntó ella, sin saber a qué atenerse hasta que él se arrodilló ante ella y volvió a besarla por todas las piernas.

—Alex —gimió Maya esta vez al darse cuenta de su intención.

—Sshh —le imploró Alex suavemente—. Despacio, Mima, recuerda —le indicó, y obtuvo como respuesta un "sí" grave y sin aliento.

A Maya se le ensancharon los ojos y luego volvieron a cerrársele cuando, con un dedo, Alex encontró la protuberancia entre sus piernas y comenzó a juguetear con ella. Las caderas de Maya respondieron con un movimiento brusco y Alex sonrió, como saboreando su ávida reacción.

—Recuerdo la primera vez que hicimos el amor —comenzó a decir, mientras le iba dejando un excitante rastro de besos desde la parte de adentro de los muslos, por los rizos íntimos y en el sitio que quedaba exactamente encima de donde su dedo se afanaba en provocarle sensaciones.

Con los ojos cerrados, Maya respondió en tono tembloroso:

—Yo era virgen.

—Sí —replicó él, le llevó la boca adonde un segundo antes había estado su dedo y le recorrió la sensible protuberancia con la lengua, con lo que la hizo volver a gemir—. No sabía qué esperar. No me hubiera... no me podía imaginar lo que iba a suceder entre nosotros. Lo bueno que iba a ser —le dijo, y siguió saboreándola, moviendo el dedo hasta deslizarlo más íntimamente.

—Alex —le imploró ella con un temblor, mientras sus caderas se movían ante el estímulo de los labios y los dedos de él con ritmo de amor. Maya alzó la cara y abrió los ojos.

Alex se puso de pie, y la intensidad de su deseo se apretaba contra sus pantalones cortos de caqui. Maya se incorporó, buscó el botón de la prenda y rápidamente se la quitó, sin poder controlarse las manos mientras lo hacía. Alex quedó frente a ella en nada más que sus calzoncillos blancos, y Maya alzó la vista para mirarlo a los ojos y se sorprendió a sí misma al sonreír de oreja a oreja. Le dio un tirón a la prenda interior para librarlo de esta última impedimenta.

Alex trató de controlarse ante Maya, con las manos tensas contra los hombros de ella. Es demasiado irresistible, pensó ella y le llevó las manos al trasero para acercarlo hacia sí. Como Alex había hecho antes, ella hundió la cabeza contra el estómago de él. Su cabello lo acariciaba y su mejilla lo incitaba.

—Maya —dijo Alex en tono de advertencia y le tomó la cabeza en las manos para apartarla de sí, pero ella no estaba dispuesta a permitírselo. Le agarró las manos y volvió a llevárselas a los hombros mientras ella cubría los últimos centímetros que le faltaban para recorrerle el miembro con los labios en toda su longitud.

La piel era suave y caliente, y Maya lo saboreó, pero no llegó a tomarlo del todo en su boca sino que, con las manos, siguió el camino que sus labios habían recorrido y lo acarició hasta que lo hizo gemir y suplicarle que lo recibiera en su boca.

—Recuerdo la primera vez que te hice el amor de esta manera —comenzó Maya a decirle mientras seguía besándolo y acariciándolo con las manos.

Alex volvió a gemir y Maya le lanzó una mirada y vio que tenía el rostro tenso de emoción. Se le notaba una contracción muscular a lo largo del mentón mientras trataba de controlarse. Maya le recorrió el miembro con la mano y, cuando llegó a la punta, una gota le bautizó la palma de la mano. Maya sustituyó la mano por sus labios, comenzó a besarle la punta del miembro y luego se apartó. —No recordaba que fueras tan suave y tan sensible.

Para puntualizar sus palabras, le puso fin a la tortura y lo tomó en la boca, acariciándolo con la lengua, sin dejar de recorrerlo con las manos. Alex le tomó la cabeza entre las manos por un instante para guiarla, y luego siguió bajando hasta sus senos para acariciarla mientras ella le hacía el amor con la boca.

—Maya, quiero estar dentro de ti. Bien profundo, querida —le dijo con tono grave mientras todo el cuerpo le temblaba gracias a los oficios de Maya, y ella, sintiendo el sabor de él en su boca, se percató de que Alex estaba comenzando a perder el control.

—Yo también lo deseo, Alex —le dijo y se reclinó sobre la cama, alzó los brazos por encima de la cabeza y disfrutó al ver cómo él la devoraba con su mirada. Con espíritu travieso, Maya siguió con las piernas dobladas por encima del borde de la cama, separándolas levemente para revelar la esencia de su cuerpo, que esperaba por él. Esperaba por que él la poseyera.

Alex profirió una maldición para sus adentros, pues había perdido por completo el control, y se apresuró a buscar un condón en la mesa de noche. Sin interrupción, se introdujo por completo en ella, y la hizo jadear al sentir que el miembro le llegaba tan hondo.

Maya le rodeó la cintura a Alex con las piernas y alzó un poco las caderas, de modo que aumentó la penetración, y él tembló y tuvo que aguantarla por el trasero para que no se moviera.

—Por favor, no te muevas. Todavía no —le suplicó—. Quiero seguir dentro de ti. Quiero sentirte cuando empieces a perder el control.

Con una mano, Alex encontró la protuberancia oculta bajo los rizos íntimos de Maya, y la apretó con el dedo pulgar con un movimiento giratorio que también imitó con sus caderas, al punto de hacer que el cuerpo de Maya casi se saliera de la cama de tanto deseo de llegar al éxtasis.

—Dime cómo te sientes, Mima.

Maya se esforzó por recuperar el aliento y buscar las palabras para explicar las sensaciones que Alex le estaba causando, con su miembro en lo más hondo de ella y con la acción de su dedo, que parecía estar tocando un botón mágico que la hacía ponerse tensa y henchirse en torno a él. Entonces Alex comenzó a moverse lentamente, saliendo centímetro a centímetro, de forma agonizante, antes de volver a penetrarla de súbito y hacerla hundirse en la cama. De ninguna manera lograría ella encontrar el aliento necesario para decirle a Alex en ese momento lo que estaba sintiendo exactamente.

La respiración de Maya se hizo entrecortada y sus puños se cerraban contra la cubrecama, como tratando de encontrar algún lugar de donde agarrarse mientras Alex la llevaba hasta el borde del éxtasis con su movimiento de caderas y con su dedo mágico, y la mantenía allí, pues sabía casi por instinto precisamente en qué momento ella estaba a punto de alcanzar su máxima excitación, de modo que disminuía el ritmo justo a tiempo y dejaba de hacerle presión con el dedo para que ella se calmara un poco. Cuando no fue posible prolongarlo más, Alex le dio tiempo a Maya para que disfrutara la manera en que le estaba respondiendo el cuerpo, la manera en que se abría a él, y lo apretaba íntimamente con sus músculos y lo acariciaba con pequeños temblores que le recorrían todo el cuerpo. Entonces Alex volvió a comenzar, hasta que su cuerpo también comenzó a temblar entre los muslos de ella, hasta que sintió que su miembro se henchía dentro de ella y la fricción de sus cuerpos al moverse creaba un calor que los hizo enrojecerse a los dos, detalle que Maya notó cuando abrió los ojos y lo miró.

Había una fina capa de sudor sobre el pecho de Alex, sus ojos estaban cerrados y tenía la cabeza echada hacia atrás mientras seguía arremetiendo contra ella, y entonces Maya quiso más. Quería más que la pura y sensual interacción de los cuerpos. Quería que el corazón y el alma de Alex se le abrieran y se fundieran con los de ella de la misma fácil manera en que sus cuerpos se habían unido.

Maya se dio cuenta de que eso era lo que había faltado en la ocasión anterior. Eso era lo que sería distinto esta vez. Lo que haría maravillosa la experiencia si resultaba, o destruiría a Maya si no resultaba.

Entonces ella trató de impedir que le llegara el clímax, alzó una mano hacia Alex y le acarició el duro contorno del mentón. Temblorosa, susurró:

—Alex, mi amor. Entrégame el corazón, Alex. Ábrete a mí —le imploró.

En ese momento, sus miradas se encontraron y Alex se inclinó para que ella pudiera rodearle el cuello con un brazo y lo hiciera descender hasta ella. Con la frente apoyada contra la de Maya, y su masculino aliento acariciándole la cara, Maya le susurró:

—Te quiero, Alex. Más que nunca —le rodeó el cuerpo con los brazos, se apretó de lleno contra él mientras Alex la penetraba por última vez y, con un rugido, se hizo eco del amor de ella mientras los dos alcanzaban el clímax a la vez.

CAPÍTULO 11

En las semanas posteriores, Maya entró en una rutina que le daba tiempo para dedicárselo a Alex y a Samantha. Durante las tres primeras semanas, los "martes de tacos" la entretuvieron infinitamente, y Samantha y ella experimentaron con distintos platos. Luego, cuando Samantha quedaba profundamente dormida en su cama, Alex alimentaba a Maya de otra manera. Era un amante exigente, pero mostraba paciencia, mucha más que la que le había mostrado en su juventud.

Maya nunca se iba de casa de Alex insatisfecha, al menos en sentido sexual. No obstante, después del tiempo que habían pasado juntos—no sólo los martes, sino también los fines de semana—ella quería más que aquellos momentos aparentemente robados. Quería regresar a la casa de ellos todas las noches. Compartir con ellos los relatos de lo sucedido durante el día. Arropar a Samantha, disfrutar de sus cálidos abrazos y besos, y luego irse a la cama con Alex para hacer el amor.

Sin embargo, Alex se mostraba reticente a llevar la relación más allá. Maya conjeturó sobre cuál sería el motivo, y se preguntó cuánto tiempo más la seguiría castigando él por los errores de otra mujer. Como la había castigado esa misma tarde, cuando ella llamó para preguntarle cómo estaba y él le había hablado de la cena de esa noche. Aunque Maya se lo había dicho antes, al parecer Alex había olvidado de su reunión con el profesor de la universidad de Rutgers. De todas sus reuniones de los martes, ésa era la única que no había podido cambiar para otro momento.

Alex se había disculpado por haberlo olvidado, pero ella le notó en la voz un tono de decepción y algo más. Quizás un atisbo de crítica que parecía decir que ella ponía el trabajo en primer lugar, igual que su ex esposa. Maya se sintió herida al notar que él no le iba a preguntar cuándo terminaría la reunión, ni si podrían verse después. No se lo preguntó, y ella no lograba determinar si lo hacía como castigo o simplemente porque se le había olvidado.

Se quedó hasta tarde en el trabajo el miércoles y el jueves, y tenía planificado quedarse hasta tarde también el viernes para dejar todo el fin de semana libre y dedicárselo a Alex y a Samantha. Después de una reunión durante la cena en la oficina con sus socios y de revisar algunos documentos, no tendría nada más que hacer hasta el lunes.

Ya comenzaba la tarde del viernes, y afortunadamente el día había salido como lo había planificado. Después de unas horas más de trabajo, la reunión durante la cena y los documentos, todo sería perfecto, pensó ella mientras terminaba de examinar los resultados de unas pruebas y tomaba nota de lo que quería consultar con Brad y con Daisy más tarde.

Buscó otra carpeta y en ese momento sonó el teléfono. Respondió, y cuando Jeany le dijo que era Alex ella sonrió, deseosa de escuchar el sonido de su voz.

—Hola, Alex. ¿Cómo estás?

—Podría estar mejor, Maya. Se me presentó una emergencia. Ni la niñera de siempre ni la otra están disponibles, y necesito que alguien me cuide a Samantha esta noche. Tenía la esperanza de que me pudieras ayudar. —En el fondo se oía ajetreo, como si estuviera en el hospital y no en su consulta.

Ella tenía planes, pero si no los podía cambiar, de todos modos podría traer a Samantha a su oficina y cuidarla allí.

—Yo me encargo, Alex —le confirmó y anotó las señas de la guardería de Samantha y lo que tendría que hacer para recoger a la niña—. ¿Te vas a demorar mucho?

Se sintió un gran estrépito en el fondo, y por un momento, Maya no oía bien lo que él le decía. Se apagó el ruido y Alex dijo:

—Me parece que no llegaré muy tarde, pero definitivamente no esperen por mí para comer. Hay una llave de la casa escondida en la estatua de un conejo en el portal —hubo otra interrupción y se escuchó un estruendo metálico.

Maya trató de escuchar y oyó que Alex soltó una imprecación y luego se disculpó.

—Lamento tener que dejarte esto a ti, Mima.

—¿Para qué son los amigos, Alex? Te estaremos esperando en casa, ¿de acuerdo? —lo tranquilizó, pero no quedó satisfecha con el tono impersonal que habían tenido sus palabras.

—Amigos, ¿no? ¿Eso es lo que somos, Mima? ¿Simplemente amigos? —le preguntó él, al percibir lo que ella sentía.

No era justo seguir esa conversación, pues en ese momento era evidente que él tenía otras cosas que lo ocupaban.

—Luego hablamos, Alex. Haz lo que tengas que hacer ahora y no te preocupes por Samantha... ni por mí —concluyó.

Se hizo un silencio inusitado en la línea, y entonces Alex murmuró suavemente:

—Te quiero, Mima. No lo olvides.

Alex cortó la comunicación y Maya regresó a su trabajo para tratar de adelantar lo más que pudiera. Hizo a un lado lo que podía esperar hasta el lunes. Desafortunadamente, a la hora de ir a recoger a Samantha, se dio cuenta de que no le quedaba más remedio que reunirse con sus colegas para cenar y hablar del progreso de su gran proyecto, además de otros problemas. Por el intercomunicador, le pidió a Jeany que viniera a su oficina y rápidamente hizo una lista de compras que necesitaba.

Jeany hizo su aparición rápidamente, con una sonrisa en el rostro.

—Gracias a Dios que es viernes, Maya. ¿En qué la puedo ayudar?

Maya se puso de pie, le entregó a Jeany la lista de compras y recogió su bolso, sus llaves y las señas de la guardería de Samantha.

—¿Podrías ir un momento a la tienda y hacerme estas compras? Además, por favor, añade dos cuñas de pizza de salchicha en el pedido para la cena. Regresaré dentro de media hora.

Jeany examinó la lista y miró a Maya inquisitivamente.

—No veo de qué le van a servir los lápices de colores, Maya. ¿Qué pasa?

—Necesito recoger a Samantha —sonrió al decir esto, pues le gustaba cómo sonaba y todo lo que implicaba—. Sus preferidos son los Rugrats, si es que puedes encontrar en la tienda alguno de esos libros de colorear.

Jeany le sonrió de oreja a oreja.

—Entonces, ¿todo va bien?

—Yo diría que sí —replicó Maya al salir corriendo, pues quería llegar a tiempo para recoger a Samantha.

Maya estaba arropando a Samantha en la cama cuando oyó que la puerta de la casa se abría y se cerraba, y que los cansados pasos de Alex resonaban en el descansillo y por el pasillo. Se detuvo junto a la puerta del cuarto, apoyó un brazo en el marco y les sonrió débilmente.

—¿Cómo están mis chicas?

Samantha saltó de la cama y se lanzó en brazos de su padre, sin la más mínima seña de adormecimiento.

—¡Papi! —dijo en un chillido y lo abrazó fuertemente.

Alex abrazó a su hija, le extendió un brazo a Maya y ella se puso de pie y se sumó al abrazo.

—¿Estás bien? —podía notar que había sido un día de trabajo intenso.

Su única respuesta fue apretarla más contra sí. Ella lo rodeó con sus brazos y se quedaron así durante unos segundos hasta que el serpenteante cuerpo de Samantha le puso fin al momento.

—Papi, me divertí muchísimo en la oficina de Mima —le dijo, se acomodó en la cama y dio unas palmadas en el espacio que quedaba junto a ella.

Alex fulminó con la mirada a Maya, y el rostro se le contrajo al hacerlo.

—Te explicaré luego —le dijo ella—. Dile a tu hija que te cuente cómo pasó el día, mientras yo te preparo algo de comer.

Alex asintió y volvió a darle un breve abrazo a Maya antes de sentarse junto a su hija en la cama.

Muy familiarizada con la cocina después de tantas semanas, Maya preparó rápidamente una tortilla de huevos con papas y cebollas y una ensalada de aguacate, y calentó unos panecillos. Preparó la mesa para una persona, pero colocó dos copas de vino y las llenó con un Merlot que habían abierto la semana antes y no lo habían terminado aún.

Alex llegó cuando ella estaba terminando de servir la tortilla de huevos. La rodeó con los brazos por detrás y hundió la cabeza en su pelo, de modo que pudo oler su perfume, lo cual resultaba muy agradable después de haber soportado el olor a sangre y desinfectante en el hospital. Maya le cubrió las manos con las suyas y se dio vuelta en sus brazos para abrazarlo fuertemente.

—¿Mucho trabajo?

—Hmmm —murmuró él, pues no quería pensar en su jornada de trabajo. Una de sus nuevas pacientes y la madre de ésta habían sufrido un grave accidente automovilístico. La madre estuvo al borde de la muerte, pues resultó lesionada gravemente al hundirse por completo el lado del conductor debido al impacto del otro auto. La pequeña, quien iba bien asegurada en su asiento para niños en el centro del asiento trasero, también recibió lesiones, pero éstas eran leves en comparación con las de la madre. Sin embargo, como él era el pediatra de la niña y como el padre estaba demasiado perturbado para dominar la situación, Alex sintió que era su obligación quedarse con ellos y ayudarlos en lo que pudiera. O sea, en tratar de calmar al padre y mantener entretenida a la pequeña mientras el personal de urgencias le suturaba las heridas y atendía a su madre.

Le había resultado difícil quedarse allí, sosteniendo la mano de la niña mientras, unos pasos más allá, los médicos luchaban por estabilizar a la madre. Más difícil aun le había resultado el hecho de que la madre era pelirroja. Como no le pudo ver la mayor parte del cuerpo ni del rostro debido a la intensa actividad que la rodeaba, a él le había sido fácil dejarse llevar por la imaginación. El cabello de la joven madre, brilloso como un centavo de cobre, al parecer había mutado ante los ojos de él hasta tomar el matiz del cabello de Maya, que era más oscuro y más denso.

Esto le había hecho ver lo incierta que era la vida, lo desdichado que él se habría sentido si las lesionadas hubieran sido Maya o Samantha. Como necesitaba demostrarse a sí mismo que Maya realmente seguía formando parte de su vida, le dio un fugaz beso en la boca y saboreó su femenina esencia. El cálido aliento de Maya se aceleró contra los labios de Alex, quien dejó por completo de pensar en la comida.

Alex apretó su erección contra el suave vientre de Maya, y ella respondió rodeándole la cintura con los brazos para atraerlo hacia sí y frotar su cuerpo contra el de él. Mientras Alex le hacía el amor con la boca, y su lengua se apareaba con la de ella para saborear su dulzura, Maya le llevó las manos al cinturón y a la cremallera de sus pantalones, se los zafó, y le bajó los pantalones y los calzoncillos hasta la mitad de los muslos. Alex alzó la vista, miró a Maya a los ojos, y vio que ella se había percatado de que él estaba al borde de la desesperación y sabía lo que él necesitaba para ayudarlo a vencerla.

Maya separó los muslos y Alex le introdujo las manos por debajo de la corta falda que ella aún tenía puesta de su jornada de trabajo. Rápidamente, Alex encontró el borde superior de las pantimedias y se las retiró, llevándose consigo a la vez un minúsculo bikini que él hubiera deseado tener paciencia para esperar y ver cómo le quedaba a Maya en sus sensuales caderas. Pero no había tiempo, pues los dos habían perdido la mesura, y Maya se subió un poco contra el armario y Alex comenzó a acomodarse entre sus muslos, pero entonces se apartó y lanzó un improperio.

Se inclinó, recogió sus pantalones, buscó en su billetera y extrajo un condón.

—Querido, si lo tenías guardado en la billetera desde la universidad... —bromeó Maya, aunque la preocupaba un poco la idea de que él anduviera equipado de esa manera.

—No he llevado condones en mi billetera desde que estaba contigo en la universidad —reconoció él, lo cual le agradó infinitamente a Maya.

Un instante después, Alex se envainó con el condón y se

introdujo en el deseoso y húmedo sexo de Maya, y ella le rodeó la cintura con las piernas y se agarró fuertemente de sus hombros. Maya lo alentaba en sus movimientos, diciéndole tiernas palabras de amor que hacían que se le fuera del corazón el miedo que antes se había apoderado de él. Esas palabras lo incitaban a buscar en lo más hondo de sí y de Maya para volver a despertar su amor mutuo y para domar su frenesí.

Maya le besó la mejilla y le acarició entre las manos su sedoso cabello. Al oído, le susurró:

—Así, Alex. Más, mi amor. El ritmo de sus movimientos disminuyó, y éstos se tornaron más profundos e hicieron que el vientre de Maya se contrajera y reclamara el miembro de Alex hasta que él alcanzó el clímax y su cálida esencia se vació dentro de ella. Sus gemidos vibraban contra el cuello de Maya. Una capa de sudor le cubría el rostro y los brazos le temblaban cuando se apartó del mostrador, penetrándola aún, y con las piernas de ella rodeándole la cintura.

—Alex —murmuró ella en señal de protesta, pues no quería moverse a ninguna parte en el momento en que su propio clímax comenzaba a llegarle en oleadas.

—Sshh —le susurró él gravemente contra los labios, y cada paso que daba, provocaba un impulso erótico dentro de ella. Un último paso, y ya estaban dentro del dormitorio de Alex. Él se las arregló para cerrar la puerta y apoyar a Maya de espaldas contra la pared más cercana, donde la penetró cada vez con más fuerza y rapidez, apoyando los brazos a ambos lados de la cara de ella, y silenciando con la boca los quejidos de ella y su grito de éxtasis en el momento en que llegó a su explosivo clímax.

Sólo entonces Alex la tomó suavemente en sus brazos, la llevó hasta su cama y, con mucha ternura, casi con reverencia, terminó de quitarle las ropas y la cubrió con las sábanas. Alex se dirigió al baño, y se oyó cómo el agua corría por las cañerías, hasta que él regresó con un paño húmedo en las manos. Levantó las sábanas, suavemente le apartó los muslos a Maya y con el paño, un tanto áspero y frío, le limpió los restos de su acto de amor.

—Mima... —comenzó a decirle con tono de disculpa, pero ella le llevó una mano a los labios y lo silenció.

—No hace falta, Alex. Comprendo —le dijo ella, y Alex lanzó el paño en el cesto de la basura y se acostó en la cama junto a ella. Descansó la cabeza sobre los senos de Maya y ella lo acurrucó hasta que su respiración se tornó más profunda y regular. Entonces ella también se entregó al sueño.

El insistente sonido de su reloj pulsera la despertó y destruyó la tranquilidad de las primeras horas de la mañana. Maya apagó la alarma y se apartó de la agradable calidez del cuerpo de Alex.

—¿Tienes que irte? —le preguntó él adormilado y extendió la mano para acariciarle la espalda desnuda mientras ella se inclinaba para recoger su ropa.

Maya lo miró por encima de su hombro.

—Me comprometí a comprobar si nuestras pruebas estaban terminadas y a hacer que los del siguiente turno analizaron los resultados. Lo siento.

Alex se incorporó en la cama y la atrajo hacia sí.

—No te disculpes. Sé que anoche te impedí terminar tu trabajo. No sabes cuánto te agradezco que hayas recogido a Sam.

—Fue un placer. La pasamos de maravilla —le dijo Maya y se acurrucó contra él, pues deseaba unos minutos más junto a él antes de irse.

Alex le acarició la barriga y ella disfrutó su contacto hasta que una segunda alarma de su reloj pulsera le recordó sus compromisos. Se apartó de él y le aseguró que tendría tiempo libre más tarde ese día.

—Te llamaré para decirte.

Alex murmuró una soñolienta respuesta y cerró los ojos. Cuando Maya terminó de vestirse, él ya estaba profundamente dormido. Ella se inclinó para darle un beso en los labios y salió del cuarto.

Fue hasta el otro extremo del pasillo y le echó una mirada a Samantha. La pequeña seguía dormitando, con su menudo cuerpo apretado contra su oso de peluche favorito, y con las sábanas hechas un enredo en torno a los dos.

Maya se detuvo para estirar los cobertores y volver a arropar a Samantha, y le dio un beso en su cálida mejilla. Después de acariciarle suavemente la cabeza a Samantha, Maya se apartó y se marchó, pues sabía que mientras más pronto llegara al trabajo, más pronto terminaría para volver a estar con ellos más tarde.

Durante el desayuno, Alex escuchó el relato de lo bien que Samantha había pasado el día en la oficina de Maya. A él no se le había ocurrido que Maya la llevaría a su oficina en lugar de traerla a casa, pero se dijo que sería injusto esperar que Maya pudiera dejar todo lo que estaba haciendo con tan poco tiempo para prepararse. Su hija se había quedado genuinamente sorprendida al ver que Maya trabajaba y, al parecer, se había divertido de veras con Maya y sus colegas.

—Todos comieron juntos, ¿no? —le preguntó Alex mientras devoraba el revoltillo de huevos que había preparado para Samantha y para sí.

—Sí, Papi. Con todos los adultos en el comedor ejecutado —replicó ella animadamente, y Alex no se atrevió a corregirle su error.

Cuando terminaron de desayunar, Samantha ayudó a Alex y juntos recogieron el desorden que se había acumulado en el cuarto de ella durante la semana. Mientras Alex recogía muñecas de Barbie y los Rugrats, le recordó a Samantha que debía aprender a mantenerlo todo en orden.

Samantha miró en torno suyo, se puso las manos en jarra y le dijo a su padre que el cuarto le gustaba así. Cuando Alex miró en derredor, tuvo que reconocer que la habitación no se veía tan mal como solía verse los viernes por la noche. Súbitamente, se dio cuenta por qué. Miró a su hija y le preguntó:

—¿Anoche Maya te ayudó a recoger?

—Jugamos a las Barbies. Mi Maya me puso las muñecas en sus cuartos —reconoció Samantha.

Alex menéo la cabeza, pues estaba convencido de que Samantha se las habían amañado para hacer que Maya, quien venía cansada del trabajo, le hiciera sus tareas.

—Recuerda lo que hablamos. Maya trabaja mucho y no tiene por qué recoger lo que tú desordenes.

—Pero le gustó jugar conmigo —dijo Samantha, frunciendo el ceño y haciendo un mohín con su boquita—. Mi Maya también es amiga mía, Papi. Me cae muy bien.

Alex se sentó en la cama de Samantha y le hizo un gesto a la pequeña para que se sentara junto a él.

—¿Maya te cae lo suficientemente bien como para vivir con ella? ¿Juntos, como familia? —aguantó la respiración mientras esperaba la respuesta.

Samantha se concentró en la Barbie que tenía en las manos y jugueteó por un momento con el pelo rubio sintético de la muñeca. Por último, miró a Alex a la cara, con expresión demasiado perspicaz y penetrante para una niña de cuatro años, o casi cinco.

—¿Ella sería mi Mami?

—¿Te gusta esa idea? —le preguntó él, temeroso de que la pequeña dijera que no, y aun más temeroso de que dijera que sí.

Samantha respondió con tono grave.

—Sería una buena Mami para mí. Ella me quiere, Papi.

Intranquilo, Alex abrazó a su hija y le acarició la cabeza mientras la apretaba contra sí.

—Por ahora, que esto sea un secreto entre tú y yo. ¿Qué quieres hacer hoy?

—Quiero ver la nueva cocina de Mima. Tío Rey dijo que terminaría hoy —respondió ella con emoción y lanzó la muñeca sobre la cama.

—¿Así que tío Rey, no? ¿Cuándo lo viste? —le preguntó Alex, mientras trataba de reprimirse los celos irracionales que sentía cada vez que pensaba en Rey cerca de Maya.

—Pasó anoche por la oficina de Maya. Y ella estaba muy contenta de que ya podía usar la cocina, pero entonces se puso triste —le confesó Samantha.

—¿Por qué?

—Porque tiene que trabajar hoy y no puede tener lista la cocina.

Alex vio una oportunidad y, después de darle instrucciones a su hija para que terminara de recoger el cuarto, llamó a la casa de Maya, por una vez con la esperanza de que Rey estuviera allí y respondiera.

CAPÍTULO 12

Maya había intentado llamar a Alex varias veces, pero no había conseguido hablar con él. Sólo le respondía la máquina contestadora. Su jornada de trabajo se estaba extendiendo más de lo que ella esperaba, y ya eran casi las cuatro de la tarde. Era hora de irse a casa, y si no conseguía hablar con Alex, tendría que cenar a solas en su nueva cocina, que aún estaba desorganizada. La mayor parte de sus artículos de cocina estaban en cajas en el comedor. Tendría que lavarlos y, lo que era peor, tendría que guardarlos en sus nuevos armarios.

Como deseaba darle lo más posible de largo a la desagradable tarea, pasó por la casa de Alex a modo de excusa, pero el auto de él no estaba. Maya supuso que él se habría cansado de esperarla. Descorazonada, se dirigió a casa y quedó sorprendida al ver el Jeep de Alex estacionado en la entrada del garaje de ella. Maya se estacionó detrás y casi corrió a la puerta en vez de caminar. Al entrar, le llegaron desde el área de su nueva cocina los sonidos de la risa de una niña y de otra más grave y profunda.

—¿Alex? ¿Samantha? —les gritó, y los dos respondieron casi al unísono:

—Estamos por el fondo.

Maya puso su portafolio en el piso junto a la puerta de entrada y atravesó el comedor hasta llegar a una de las entradas de su nueva cocina. Se detuvo ahí y sonrió al ver a Alex y Samantha con delantales, lavando los platos en el fregadero. Cuando entró a la cocina, Alex se dio vuelta y le regaló una amplia sonrisa que la desarmó.

—Hola, querida. ¿Qué tal te fue en el trabajo?

—¡Mima! —le gritó Sam para atraer su atención—. ¡Estamos fregando!

Maya caminó hacia el taburete donde Samantha se había subido para lavar cuencos de plástico en el segundo fregadero que le habían instalado en la meseta de la cocina. Abrazó a la niña y se percató de que su delantal estaba empapado por delante.

—¿Estabas fregando los platos, o te estabas fregando a ti misma, querida?

La pequeña se miró el delantal y le regaló una sonrisa casi tan devastadora como la de Alex.

—Las dos cosas —respondió.

Maya le sonrió a su vez y le alcanzó una toalla.

—Sécate las manos con ella cuando termines —se dio vuelta hacia Alex y notó que él tenía mojados el delantal y la camisa, la cual tenía manchones oscuros que lo delataban. Maya tomó las puntas de las tiras del delantal que colgaban contra el tórax de Alex, pues él se había rodeado con ellas como lo hubiera hecho un carnicero, y lo atrajo hacia sí—. Sabes que tengo una fregadora de platos.

Alex le rodeó la cintura a Maya con sus brazos mojados y la apretó contra sí para darle un beso. Cuando al fin se apartó de ella para respirar, dijo:

—Ha estado funcionando todo el día, pero pensé que las piezas más grandes las debía fregar a mano.

Maya le echó un vistazo al fregadero y al escurridor de platos y vio que ahí estaban las fuentes más grandes y las piezas más delicadas.

—Gracias, pero no tenías que hacerlo.

—Fue un placer. La pasamos de maravilla —respondió él, remedando la respuesta de Maya en la noche anterior.

—Como sé que no podré ganar esta vez, lo dejaré así. Pero gracias de todos modos.

Alex le dio una juguetona sacudida al cuerpo de Maya.

—Basta de agradecer. Ya era hora de que bautizáramos la cocina.

—¡Alex! —siseó ella y le echó una mirada a Samantha.

Alex se inclinó hacia ella, y en un susurro le dijo de forma que sólo ella lo oyera:

—Querida, tienes una sola cosa en la mente, aunque no me quejo de eso —se apartó levemente—. Samantha y yo hicimos algunas compras. Se nos ocurrió que, como tal vez estarías cansada, deberíamos comer en casa. También alquilamos unos vídeos.

Maya se sintió abrumada por tanta consideración.

—Me parece buena idea.

Alex se apartó de ella y regresó al fregadero.

—Ve a cambiarte y ponte algo más... cómodo —la importunó él, y movió las cejas de forma sugerente—. Tenemos hamburguesas, perritos calientes y ensaladas. Ese tipo de cosas.

Maya se acercó a su nueva cocina y levantó la tapa metálica del asador, contenta de usarlo por primera vez.

—¿Leíste las instrucciones?

—Me pasé una hora leyéndolas. Hay que ser ingeniero para entender esa cocina —se rió y meneó la cabeza mientras secaba una gran fuente florida para ensaladas—. Bueno, pensándolo bien, tú eres bióloga molecular, así que supongo que la entiendas.

Maya se desquitó de él dándole una palmada en el trasero. Samantha se rió entre dientes y pasó el agua de un cuenco de plástico al otro mientras los observaba atentamente, como si esperara que fuera a ocurrir algo importante. Cuando Alex extendió los brazos y atrajo a Maya hacia sí, Samantha se sonrió y asintió con la cabeza, y entonces volvió a concentrarse en su fregado.

Alex hundió la cabeza junto al cuello de Maya y le dio una mordida juguetona.

—Cámbiate rápido, que tengo hambre.

Maya lo miró a los ojos y casi no pudo soportar la intensa mirada de él. Ella sabía que el hambre de Alex no era de las hamburguesas ni los perritos calientes que habían traído para la cena. Mientras se apuraba en subir las escaleras para llegar a su cuarto, Maya reconoció que ella estaba igual de hambrienta. Abrigaba la esperanza de que Samantha estuviera cansada por haber fregado y se quedara dormida rápidamente después de la cena.

Entonces Alex y ella la arroparían en su cama, subirían al cuarto y... Maya respiró profundamente para recobrar la compostura, pues se sorprendió al darse cuenta de que últimamente sólo una cosa le ocupaba los pensamientos—el sexo. La distraía y la molestaba el hecho de que, al parecer, siempre estaba de un estado de semiexcitación. Incluso la noche anterior, mientras ella y sus colegas estaban sentados en torno a la mesa del comedor ejecutivo hablando de los problemas relacionados con el proyecto principal, mientras una parte de su mente estaba tratando de analizar esas cuestiones, una otra parte estaba ocupada imaginándose lo que Alex y ella harían horas después.

Al recordar la manera casi frenética en que habían hecho el amor en la cocina de la casa de Alex, Maya sintió que la recorría una oleada de calor y que se le aceleraba el corazón, casi hasta dolerle. Se llevó una mano al pecho para aquietarse el corazón y se sentó en el borde de la cama, a medio desvestir y preguntándose cómo podría controlar un poco su vida. Necesitaba ser capaz de darles todo de sí a Alex y a Samantha pero, al mismo tiempo, necesitaba darle todo de sí a su trabajo mientras estuviera en la oficina.

Además, sabía que en las próximas semanas, el equilibrio que hasta el momento había logrado mantener entre ambos aspectos podría correr peligro. Si las cosas no empezaban a salir bien en el proyecto, tal vez Maya tendría que trabajar jornadas más largas hasta que viera algún resultado. Después de todo, éste era su proyecto principal—el boleto de entrada a proyectos más grandes y más importantes. Si fracasaban... no quería ni pensar en las consecuencias que eso tendría.

Mesándose los cabellos con una mano temblorosa, se los apartó de la cara, terminó de quitarse el resto de la ropa, y se puso unos suaves pantalones cortos de lanilla y una camiseta recortada que le dejaba al descubierto la barriga. Encaminó a la cocina, se detuvo en el cuarto de invitados del segundo piso, cambió rápidamente la ropa de cama y preparó el futón por si lo necesitaban para que Samantha se durmiera.

Cuando volvió a la planta baja, Samantha estaba en el gabinete, viendo un vídeo. Maya entró a la cocina por la otra entrada y se dio cuenta de que Alex también había traído su nuevo juego de comedor para la cocina. Antes no lo había visto, pues se lo impedía el mostrador que separaba el área de trabajo de la cocina y la parte que se usaba como comedor. Alex había dispuesto sobre la mesa un florero con flores recién cortadas, y Maya se sintió emocionada de su atención.

—De veras que te esmeraste —dijo mientras pasaba la mano por la superficie recién encerada de la mesa—. ¿Cómo supiste dónde iba todo?

Alex se sonrojó intensamente y se demoró antes de responder.

—Rey llamó a Daisy para que viniera a ayudarnos. Parece que ella es la experta en organización.

—Daisy es la más obsesiva por el orden entre nosotros. Lo analiza todo, vela por la eficiencia de todo y se asegura de que lo hagamos bien. —Maya se rió, se acercó a su nuevo refrigerador de dos puertas y, al abrirlo, vio que no sólo tenían lo necesario para la cena de esa noche, sino leche, huevos, café y otros víveres que podría necesitar para los días siguientes. Mientras comprobaba lo que había en el refrigerador, preguntó: —¿Se van a quedar unos días?

—Tal vez —Alex colocó un cuenco en el escurridor, se secó las manos con una toalla de papel y se acercó a la nueva cocina, donde puso la mano sobre el asador. Con cara de haber comprobado que el asador funcionaba, se acercó adonde todavía estaba Maya junto al refrigerador, le acarició la nuca y se apoderó de su boca con un hambriento beso.

Maya respondió a aquella hambre con la suya propia: abrió la boca para recibir la de Alex y le recorrió los labios para saborearlo. La mente se le había vuelto un torbellino ante el beso, y estaba dispuesta a seguir más allá, pero el momento quedó roto con el insistente sonido de su nuevo equipo electrodoméstico, que le advertía que la puerta llevaba mucho tiempo abierta. Se apartó, miró a Alex a la cara y le preguntó con voz carrasposa:

—¿Tal vez?

Alex le sonrió de oreja a oreja, y se le profundizaron los hoyuelos de las mejillas.

—Tal vez, definitivamente.

* * *

El bautizo de la nueva cocina comenzó con una parrillada "bajo techo" que hicieron en su nueva y profesional estufa. Maya cocinó, en el asador incorporado, las hamburguesas y los perritos calientes que Alex había traído, y puso a hervir una ración de maíz en una de las seis hornillas. En el horno pequeño, uno de los dos que tenía la cocina, Alex había comenzado a calentar frijoles asados, y Maya les dio el toque final con unas cebollas salteadas y un poco más de tocino.

—Me da la impresión de que es mucha cocina para una sola persona —le comentó Alex mientras le extendía un plato a Maya y ella sacaba con un tenedor las mazorcas de maíz y las ponía en el plato.

Maya se encogió de hombros y examinó la resplandeciente superficie de la cocina, la cual era la única extravagancia que se había permitido a sí misma en la renovación.

—Me encanta cocinar, y además, mis planes no eran que yo fuera la única en esta casa. En algún momento, tendré que cocinar para una familia —le respondió, e inmediatamente lamentó haberlo dicho. Si bien Alex, Samantha y ella prácticamente se habían convertido en "familia" durante las últimas seis semanas, Alex y ella nunca habían tocado el tema de dar "el siguiente paso", por así decirlo. Esto había quedado de manifiesto con su comentario.

Rápidamente, extrajo otra mazorca y le dio la espalda a Alex para concentrarse en la comida que estaba en el asador.

A Alex no se le escapó la tensión de sus hombros, ni el modo en que evitaba dar explicaciones. Por otra parte, en ese momento él no tenía manera de insistir en el tema, pues Samantha estaba apenas a unos metros de ellos. Sin embargo, sabía que no podían seguir obviando esa cuestión durante mucho más tiempo—especialmente después de la manera en que habían hecho el amor la noche anterior y de lo que había hablado con su hija durante el desayuno.

El tema le había ocupado la mente todo el día, sobre todo cuando se detuvo ante una joyería esa mañana antes de ir a casa de Maya. Sus pensamientos siguieron atormentándolo mientras cenaban. Su hija estaba floreciendo con la atención que Maya le dedicaba, hasta un tonto podía verlo. El cuidado maternal que Maya brindaba con tanta gracia, y que parecía sentarle muy bien a Samantha, era sólo una de las razones para profundizar la relación, se dijo Alex durante la comida.

Otra razón era la compatibilidad física de ellos. Sin embargo, tendría que ser tonto para no reconocer que lo que compartían iba más allá de lo puramente físico. Sus actos de amor eran increíbles, pero llegaban a un nivel mucho más profundo. La reacción que él había tenido el día anterior durante la crisis familiar de su paciente lo había hecho darse cuenta de que no se podía imaginar la vida sin Maya.

Pero, ¿podría imaginarse la vida con ella, especialmente si se interponían las exigencias profesionales de ella? Alex se recordó a sí mismo que, si bien Maya se había ocupado de Samantha la noche anterior, también tuvo que ocuparse de su trabajo. Alex se preguntaba si eso llegaría a chocar con su vida familiar, y si así sucedía, él no sabría cuál sería su reacción.

Se recordó a sí mismo que ya se había suscitado esa situación y que Maya le había encontrado una solución adecuada y había logrado equilibrar sus dos obligaciones.

Alex sabía que su titubeo se debía en parte al fracaso de su matrimonio. Su consejero matrimonial le había indicado que él tenía que ser más flexible, y él había intentado serlo con su esposa, pero con eso sólo consiguió descubrir que el concepto que ella tenía de la flexibilidad era que él se retorciera como un guiñapo para encargarse de todas las obligaciones de la familia. Ella, por su parte, se había situado en la posición más conveniente para sí misma, al obviar toda obligación para con su esposo y su hija.

Maya, por su parte, no había tratado de evitar las responsabilidades. Además, aunque en un inicio Alex se había preocupado al pensar que su hija pasaría unas horas en la oficina de Maya en lugar de estar en casa, él tenía que reconocer que las acciones de Maya se habían centrado en cuidar a Samantha mientras trataba de cumplir al mismo tiempo con su trabajo. Maya había logrado un equilibrio que resultó beneficioso para todos. Alex sabía que su hija se enfrentaría a situaciones semejantes cuando fuera una mujer, lo cual le daba más motivos para considerar que Samantha necesitaba a alguien que le sirviera de ejemplo.

Pero sólo han pasado seis semanas, le recordó una desagradable vocecilla interna. Seis semanas durante el comienzo del verano, cuando todo marchaba lentamente y Maya podía dedicarles tiempo a ellos dos. Seis semanas en que él y su hija podían ser las principales prioridades de Maya. Además, hacía falta tiempo para cultivar el amor. Tal vez más que las pocas semanas que habían pasado juntos.

De modo que Alex no estaba seguro de cómo irían las cosas al paso de otras seis semanas. O de un año. Alex temía que Maya se convirtiera de pronto en una cónyuge ausente, igual que su ex esposa, y él no sabía bien si podría soportarlo. Además, sabía bien que perder a Maya sería demoledor para su hija. Por ese motivo no habían tocado el tema antes. Él tenía que reconocer que aún no había comprado una casa porque abrigaba la esperanza de que ellos pudieran formar una familia y mudarse a la bella casa que Maya había arreglado con tanto cuidado durante años. El nido que había creado para sí misma y para su futura familia.

Mientras Alex terminaba de ayudar a Maya a recoger y limpiar después de la cena y a ordenar su nueva cocina, él sabía que quería que Samantha y él fueran la familia de Maya. No necesitaba más tiempo para saber que la amaba y que no podía vivir sin ella.

CAPÍTULO 13

Alex había alquilado un vídeo que todos pudieran ver y, mientras él se acomodaba en el butacón reclinable del cuarto de trabajo de Maya, Samantha se acomodó en el regazo de Maya en el sofá.

Maya apretó a la pequeña contra sí y sólo prestó atención a medias a la película, sobre un médico que de pronto descubre que puede hablar con los animales. La mayor parte de su atención estaba concentrada en lo perfecto que le parecía todo. Durante las últimas semanas, había desarrollado una especial relación con Samantha, a quien ya veía como su propia hija. Bajó la cabeza y olió el aroma que quedaba del champú de cerezas y almendras con que le habían lavado el cabello a Samantha la noche anterior cuando Maya la bañó antes de acostarla. Sam todavía era pequeñita, de modo que seguía teniendo olor a bebita. No era el estereotipado olor dulzón, pero de todas formas insinuaba la inocencia de una bebita y la frescura de una niña que pronto iría al preescolar. Maya aspiró profundamente, pues quería recordar ese olor para el futuro, y se sonrió al sentir que Samantha hundía la cabeza contra ella. Al mirar hacia abajo, se dio cuenta por los ojos semicerrados de Samantha y por la mano que movía cerca de la boca, que en muy poco tiempo ya estaría completamente dormida.

Maya se hundió más en el sofá, y su propia respiración fue adaptándose al ritmo cada vez más lento de la respiración de Sam. Un rato después, Maya también cerró los ojos y fue quedándose dormida.

* * *

Una suave caricia despertó a Maya, junto con un suave susurro de su nombre.

Atontada, preguntó:

—¿Alex? —y abrió los ojos. El gabinete estaba oscuro, iluminado solamente por las luces externas de seguridad que se filtraban a través de los cristales de las puertas vidrieras que daban a la terraza.

—Vamos, Mima. Es hora de irse a la cama —le dijo Alex y le extendió una mano para ayudarla a levantarse del sofá. Soñolienta, Maya se arrimó a Alex y él le rodeó la cintura, la atrajo hacia sí y la sacó del cuarto de trabajo para subir las escaleras con ella. Así subieron, tomados de brazos, chocando levemente las caderas en el apretado espacio de las escaleras.

Al llegar arriba, Maya se detuvo y echó un vistazo al cuarto de los invitados. Alex había arropado a Sam en el futón y había encendido una lamparita junto a éste para que la pequeña no estuviera a oscuras.

—¿Crees que estará bien así? ¿Y si se despierta durante la noche?

Alex le acarició la nuca y le restregó la nariz contra una mejilla.

—Casi nunca se despierta después que cae en cama, pero podemos encender una luz en el pasillo por si acaso.

Maya asintió, apagó la lámpara grande del pasillo y encendió una lámpara que se encontraba sobre un pequeño escritorio bajo las ventanas del pasillo superior. Era un espacio amplio y abierto con techo abovedado, y parecía más bien un vestíbulo para los tres cuartos del piso superior de la casa. En la parte más alta del techo abovedado, un ventilador daba vueltas lentamente, devolviendo el aire que ascendía.

Con la única luz de la lámpara del escritorio, se veían claramente los primeros escalones y las barandas que rodeaban la escalera, así como la entrada del segundo cuarto y del cuarto de Maya. Ambas habitaciones estaban a oscuras.

Maya avanzó hacia su cuarto con Alex, y se aprestaba a encender la luz, pero él le tomó la mano cuando la llevaba al interruptor.

—Espero que no te moleste que me haya tomado algunas libertades mientras mis muchachas dormían —le dijo por lo bajo. Luego entrelazó sus dedos con los de ella y tomó la delantera para guiarla al cuarto.

La sopresa y la sensualidad sorprendieron a Maya al entrar. Su cama matrimonial estaba situada en el centro del cuarto, con sus cuatro pilares tocados como siempre con un dosel que hacía juego con su cubrecama, de un tejido color rojo vino intenso con flores color crema y hojas de color verde musgoso sobre un fondo verde más intenso.

Como el cuarto estaba casi a oscuras, era como si estuvieran entrando en una glorieta florida en medio del bosque, que atraía a los amantes con su selvático abrazo.

A ambos lados de la cama estaban las mismas mesas de noche de siempre, pero Alex había dispuesto un florero con rosas de color amarillo intenso en una de las mesas. Al pie de las flores había tres velas encendidas. El aroma de las rosas y las velas era embriagador y sensual.

En la otra mesa de noche había una botella de champaña, dos copas y más velas, las cuales iluminaban el lado de la cama en el que ella dormía normalmente.

Alex la atrajo por la cintura, la hizo entrar y cerró la puerta tras de sí. Las velas iluminaban cálidamente la cama, pero dejaban el resto de la habitación en la oscuridad y creaban la sensación de intimidad que Maya había sentido. El cuarto no le había producido esa sensación nunca antes. Tal vez se debía a la cercanía de él, en aquel lugar sensual, por primera vez. En su cuarto casi virginal y su virginal cama, los cuales estaban esperando que Alex los hiciera cobrar vida.

Maya se dio vuelta, se entregó a los brazos de Alex y las bocas de ambos se encontraron y comenzaron a explorarse lenta y lánguidamente. Los labios de Maya recorrieron el terso borde del labio superior de Alex. Luego pasaron a su labio inferior, más suave y denso, el cual Maya mordisqueó tiernamente.

—Esta vez, Alex, te quiero completo —murmuró ella con suavidad y abrió la boca para aplacar su sed de él.

Alex gimió y la abrazó más fuertemente, pero no hizo nada más, sino que se contentó con responder a los movimientos de ella y a la inmensa codicia de su boca.

Para cuando Maya terminó, no quedaba ni un milímetro de los labios de Alex que ella no conociera bien. Prosiguió su exploración, acariciándolo con la cara contra la áspera línea del mentón hasta la frente, donde le besó el punto del comienzo del cabello y le hundió los dedos en el pelo, apretando la cabeza de él contra la suya.

Alex soltó un gemido de emoción ante la invitación de Maya. A diferencia del frenético acto sexual de la noche anterior, el cual había estado lleno de vitalidad pero no de ternura, las atenciones de Maya ahora parecían pedirle que reafirmara su amor mutuo—que se tomara el tiempo necesario para consolidar los lazos que iban creciendo entre ellos.

Alex respondió a todas las solicitudes de Maya, y le hizo el amor lenta y tiernamente. Acarició y exploró cada detalle de ella. No sólo de su cuerpo, sino de su alma. Y cuando los dos estaban sacudidos por los temblores que les debilitaban las extremidades de tanto deseo que sentían recorrerles todo su ser, Alex la penetró.

Maya pronunció su nombre de un grito, con un sonido que parecía una dulce y desgarradora declaración de amor. Alex se demoró, y permaneció dentro de ella mientras Maya lo miraba a los ojos y le transmitía así todo su amor.

Maya lo tomó por los hombros y le llevó las manos a la nuca mientras él la penetraba aun más. La piel de Alex estaba resbalosa de sudor y los sedosos cabellos que comenzaban desde su nuca estaban húmedos. Bajo las manos de ella, los músculos de Alex temblaban mientras Maya comenzaba a sacudirse con su clímax, en oleadas que le comenzaban desde dentro y le arrasaban todo el cuerpo. Ella cerró los ojos y arqueó el cuerpo, hundiendo las manos en los hombros de Alex mientras gritaba de placer.

Mientras ella volvía lentamente de su éxtasis, Alex se reclinó contra su cuerpo y apretó su cara contra la de ella mientras llegaba al clímax en lo más profundo del cuerpo de Maya.

—Esta vez es amor, Maya. Sólo amor —le susurró contra el

oído y se quedó inmóvil, permaneciendo dentro de ella mientras la acariciaba y la apretaba contra sí.

A veces ellos se ponían a conversar sobre distintas cosas en los momentos de tranquilidad que sucedían a la liberación de sus pasiones. Esos momentos tenían cierto toque de pereza, como si el tiempo transcurriera más despacio, de manera que ellos tuvieran todo el rato que quisieran a su disposición para hablar de cualquier cosa y de todo a la vez. En las semanas que habían pasado juntos, conversaban a menudo para reavivar la amistad que antes habían sentido a la par que la pasión.

Mientras Maya descansaba en brazos de Alex, acariciándole ociosamente con las manos la suave piel de su pecho, abrigaba la esperanza de que ése fuera el momento adecuado para la pregunta que ella sabía que había quedado pendiente entre ellos desde que él le había hecho la otra pregunta esa noche.

—¿Has vuelto a pensar en la casa que fuiste a ver el fin de semana pasado? —su pregunta no iba directamente al grano, pero los dos sabían cuál era la verdadera interrogante que se ocultaba detrás de sus palabras.

—En realidad, lo que he estado pensando es que tu cocina es demasiado grande para una sola persona. Me parecería mejor si aquí hubiera una o dos bocas más, o quizás incluso más, para sacarle provecho verdaderamente a esa cocina —le respondió. Cuando Maya le echó una mirada con el rabillo del ojo, él le regaló la sonrisa más juguetona que pudo.

Maya siguió acariciándolo lentamente, dispuesta a seguir el juego de Alex, pero no por mucho tiempo.

—No soy una mujer de cocina, Alex. No estoy dispuesta a cocinar para cualquiera.

Alex se rió y la sacudió juguetonamente.

—Y yo no soy el tipo de hombre que busca una cocinera para vivir con ella, Mima. Me reservo mis actividades de cocinero para mi esposa... o para mi futura esposa.

La situación se tornó seria en un santiamén. Maya se incorporó en la cama, se recostó contra la cabecera y tiró de las sábanas para cubrirse los senos.

—Alex, esto ya no es una broma.

Alex también se incorporó y la miró la cara.

—No es una broma, Maya.

Maya le escrutó el rostro. Ya no quedaba ni rastro de su expresión juguetona.

—Si no es una broma, es la declaración menos romántica que he oído en mi vida.

Él hizo una mueca y se pasó la mano sobre el corazón.

—Carajo, eso me dolió. De todas formas, no quiero que pienses que no soy romántico.

Extendió una mano más allá de ella, tomó las dos copas de vino y la botella de champaña y le dio una copa a Maya mientras depositaba la otra en su regazo. Le ofreció la botella a Maya, y ella se percató por primera vez del lazo rosado que había en torno al cuello de botella. Alex tomó una de las cintas del lazo, la miró por un segundo, y luego le alcanzó el extremo a Maya.

Ella tomó la punta de la cinta y Alex apartó un poco la botella hasta que la cinta se puso tensa. Maya le echó una mirada inquisitiva, pero Alex se limitó a sonreírle y a tomar el otro extremo de la cinta. Con su rápido tirón, se deshizo el nudo y algo se deslizó por el extremo que Maya sostenía en su mano, hasta que se detuvo contra la punta de su dedo índice.

Era una esmeralda faceteada, en un anillo de oro trabajado con sencillez, el cual hacía resaltar el color de la piedra. A Maya se le cortó la respiración y alzó de pronto la cabeza.

—¿Alex?

—Cásate conmigo, Maya. Cásate conmigo y sé una madre para mi hija. Pensemos si quieres en tener un hijo juntos para amarlo —tomó el anillo y tiró de la cinta que Maya aún tenía en la mano. Buscó su dedo anular y le deslizó el anillo con la esmeralda—. Hace juego con tus ojos, Maya, y te sienta muy bien de muchas maneras.

A Maya le temblaban las manos mientras examinaba la joya. Se veía bien. Más que eso, le causaba una buena sensación dentro de sí.

—Yo también creo que me sienta bien, Alex. Me parece que no hay nada que quiera más que ser tu esposa y la madre de

Sam. En cuanto a lo de otro hijo, tal vez sea necesario un poco de práctica, pero creo que todo saldrá bien a la larga.

Alex enarcó una ceja y se inclinó sobre Maya cuando ella volvió a acostarse en la cama.

—¿Quieres decir que todavía no está saliendo bien todo?

Maya se encogió de hombros y extendió los brazos hacia él para atraerlo hacia sí y darle un largo y tierno beso.

—Bueno, quizás no. Pero al menos la práctica es muy divertida —le dijo y procedió a demostrarle con hechos sus palabras.

CAPÍTULO 14

Maya no podía creer cuán rápidamente la situación había quedado fuera de control. A la mañana siguiente de su compromiso, Alex le anunció que sus padres vendrían de visita en un mes para la fiesta de cumpleaños de Samantha y que tal vez ésa sería la ocasión adecuada para revelarles sus planes. Maya estuvo de acuerdo, pero quería a su vez decírselo a sus propios padres. Para ser justos, acordaron organizar una cena para todos antes de la fiesta de cumpleaños de Samantha a fin de anunciarles la buena nueva.

Maya llamó a sus padres; en primer lugar se disculpó por haber estado demasiado ocupada para verlos durante las últimas semanas, y luego los invitó a la cena. Hubo un momento de sorpresa cuando les hizo la invitación, y luego se oyó la voz preocupada de su madre. Era evidente que la madre recordaba el último compromiso de Maya y el dolor que su hija había sentido cuando todo salió mal.

Maya les aseguró que esta vez sería distinto y, aunque al terminar la conversación no parecían convencidos, acordaron que irían a la cena. Alex, por su parte, también había hecho planes con sus padres, y con la fecha ya acordada comenzaron a planificar la mudanza a la nueva casa de Maya, pero decidieron postergar el cambio para después de la fiesta de Samantha.

La primera semana del compromiso transcurrió sin muchos incidentes. Maya tuvo que trabajar hasta tarde una noche y parte de un sábado, pero eso no le había impedido pasar la mayor parte del tiempo con Alex y Samantha. Durante la semana, por deferencia hacia la necesidad de preparar a Samantha para el preescolar, Maya dormía en casa de Alex y se iba muy temprano por la mañana para regresar a su casa y prepararse para ir a trabajar. Desde el viernes hasta el domingo por la noche, Alex y Sam se quedaron en la casa de Maya.

La segunda semana resultó un poco más difícil. Como se presentaron más problemas con el gran proyecto, Maya tuvo que trabajar hasta muy tarde durante tres noches. Para cuando llegaba a la casa de Alex, ya él estaba profundamente dormido. Maya se acomodó en la cama junto a él, se acurrucó contra el calor de su cuerpo y se quedó dormida de inmediato de tan agotada que estaba. El sábado, Maya tenía planificado recuperar las horas de sueño y pasar todo el fin de semana con ellos, pero una pelea que surgió entre Brad y Daisy y otros problemas que seguían sin solucionarse la obligaron a cancelar sus planes de fin de semana con Alex y Samantha.

Al explicarle la situación a Alex, se percató de su decepción y de cierto toque de enojo al mismo tiempo. Ella trató de hacerle comprender lo importante que era la situación y le dijo que trataría de compensarlo de alguna manera, pero él se limitó a proferir un gruñido y decirle que comprendía. A pesar de sus palabras, Maya sentía que el espectro de la ex esposa de él comenzaba a amenazarlos. En un torbellino de actividad en la noche del domingo, trató de planificarlo todo con sus socios para no tener que trabajar más hasta tarde en la noche pero, como la esposa de TJ estaba en sus últimas semanas de embarazo, sólo les quedaban tres personas para encargarse de todo, así que Maya tuvo que sacrificarse por TJ.

Acordó con Daisy que ella trabajaría por Daisy durante algunas de sus mañanas libres y que, a cambio, su amiga trabajaría por ella de noche para que Maya pudiera estar con Alex y con Samantha. A pesar de que estaba con ellos, su mente estaba ida y las llamadas constantes de la oficina sólo contribuían a destruir lo que quedaba de la imagen de vida doméstica apacible.

Era evidente que Alex estaba infeliz, pero no decía nada; sólo apretaba los dientes y trataba de mantener ocupada a Samantha mientras Maya lidiaba con sus problemas. Cuando llegó el fin de semana, se había acumulado mucha tensión entre ellos, y al retirarse para dormir, se acostaron rígidamente en la cama tras haberse esfumado toda idea de hacer el amor. Sin embargo, como sólo faltaba una semana para la fiesta de cumpleaños de Samantha y para la cena con los padres de ambos, necesitaban hablar sobre sus planes.

—¿Has pensado cuándo Samantha y tú se van a mudar a mi casa? —le preguntó.

Alex se movió inquietamente junto a ella, alzó los brazos y apoyó la cabeza en las manos.

—En realidad, no —replicó él, evidentemente no dispuesto a comprometerse.

A Maya no le gustaba esa vacilación. Durante semanas ella se había esforzado por demostrarle a él que su amor mutuo podía funcionar, del mismo modo que él se había esforzado por demostrarle a Maya lo que aún sentía por ella. Las últimas semanas no serían la norma, pero era evidente que Alex no lo veía así.

Lo que más ella resentía era que él no estuviera dispuesto a enfrentar el problema y, como un tenista que estuviera a regañadientes en una competencia, había devuelto la pelota a la cancha de ella, aunque sin gran resultado, pues ella no estaba dispuesta a lanzarle la pelota por lo alto a él a su vez. En lugar de eso, se la lanzó directamente y esperó que él tuviera la fuerza necesaria para responder.

—Me parece que, si vamos a hacer vida juntos, tenemos que hablar de esto. Ya es hora de que vivamos juntos, tú, yo y Samantha, como una familia.

—Mudarnos a tu casa no va a hacer que las cosas sean distintas de como son ahora —le respondió él rápidamente.

Demasiado rápido, pensó ella, al ver que la pelota chocaba contra la red.

—Supongo que tienes objeciones a mudarte conmigo que hace dos semanas no tenías.

A Alex le disgustó su tono, el distanciamiento clínico y profesional que se imaginaba que ella adoptaba también a veces con sus clientes o sus socios.

—Ahora no estás hablando con uno de tus empleados, Maya. Estás hablando conmigo.

—¿Y qué eres, Alex? ¿Mi amante? ¿Mi prometido? ¿Mi

qué, Alex? —le respondió ella con enojo y se apartó de él, sentándose contra la cabecera de la cama de Alex y cubriéndose los senos con las sábanas, con los brazos cruzados.

Alex también se incorporó en la cama, pero mantuvo la distancia.

—Soy las dos cosas, Mima. Tu amante, tu prometido y espero que también sea tu amigo y confidente y cualquier otra cosa que tú quieras de esta relación.

Hubo silencio un momento y luego se oyó el suave murmullo de ella.

—Quiero todo eso y más, Alex. Pero más que todo, quiero que confíes en mí y que sepas que puedes contar conmigo. Que el hecho de que yo tenga una profesión no significa que sea como tu esposa, que no se interesaba por ti ni por Samantha. Eso no tenía nada que ver con su profesión.

Cierto, no tenía nada que ver, reconoció él para sus adentros, aunque no se lo pudo decir a ella. Anita no tenía más interés en él que como compañero de cama. No tenía interés en la niña que había salido de su vientre ni en ser su madre. Alex dudaba que ella fuera capaz de tener ese tipo de instintos. Incluso al casarse con ella, se había sospechado que ella nunca lo amaría.

Él había tratado de negarse a sí mismo el desinterés de su esposa, puesto que le producía desazón—De la misma manera que le produciría desazón el posible rechazo de Maya, o quizás incluso lo destruiría. Y él no podía permitir que eso sucediera ahora, pues Samantha dependía de él. No podía... mejor dicho, no estaba dispuesto a conformarse con ninguna mujer que no se dedicara a él y a Samantha. Después de las últimas semanas, no estaba seguro de que Maya pudiera ser esa mujer.

—También tengo que pensar en Samantha y, en este momento, me parece que no sería buena idea que nos mudáramos a tu casa.

Maya no dijo nada por un momento, simplemente permaneció inmóvil, mirando a las sábanas que cubrían su cuerpo. El tono de Alex era neutral y ella no conseguía imaginarse lo que significaba. Se arriesgó a echarle una mirada. La expresión del rostro de Alex también era neutral, de modo que ella se quedó sin ninguna pista.

—Yo también pienso en Samantha, Alex. Me parecía que íbamos a alguna parte; me pareció que este compromiso era prueba de ello.

—Lo era. Pero, ¿de qué sirve vivir juntos si uno sigue llegando a una casa vacía? —no dijo nada más, sino que permaneció con expresión pétrea junto a ella.

—O nos comprometemos con esto, Alex, o no lo hacemos, antes de que la que sufra sea Samantha —*antes de que yo sufra más,* pensó ella, pero se dio cuenta de que ya era demasiado tarde.

Alex permaneció en silencio durante un momento hasta que se inclinó hacia ella, le rodeó los hombros con un brazo y la acercó hacia sí.

—No estoy seguro de si puedo asumir ese riesgo, Maya.

—No sabía que yo representaba un riesgo tan grande, Alex —dijo y se convirtió en un remolino, quitándose las sábanas de golpe y recogiendo sus ropas del piso.

—Maya —le gritó él, y también abandonó la cama, tratando de alcanzarla antes de que se refugiara en el baño. No fue lo suficientemente rápido. La puerta se cerró con seguro en el instante en que él la alcanzaba—. Maya, por favor. No te enojes conmigo —le suplicó, aunque sabía que ella tenía todo el derecho a enojarse.

Les había tomado semanas cultivar su amor, cultivar cierto nivel de confianza entre ellos, y él había destrozado esa confianza en apenas unos segundos.

De pronto Maya abrió la puerta, completamente vestida y con clara intención de marcharse, pero él le bloqueó el camino.

—Por favor, no te vayas así.

La mirada de Alex expresaba desesperación, y miedo. Pero ella también tenía sus temores y sus demonios, y de todas formas había estado dispuesta a asumir el riesgo para poder estar con él.

—Necesito irme, Alex. No te presionaré para que hagas nada que no estés listo para hacer. Pero tampoco puedo ser la única en esta relación que esté dispuesta a doblegarse y a ceder.

Entonces Alex apartó la vista y profirió una imprecación por lo bajo, pero no se quitó del camino de Maya.

—Maya, por favor —le imploró, con tono bajo y vibrante de dolor. Alzó la cabeza y en los ojos le brillaban las lágrimas, lo cual la sorprendió a ella.

—Entonces confía en mí, Alex. Arriésgate —lo desafió ella.

Él se acercó, la rodeó con los brazos y le dijo con suavidad:

—No puedo. Lo siento, pero no puedo.

A Maya se le heló la sangre al darse cuenta de que todo había terminado. Otra vez. Se apartó de él, se quitó el anillo y se lo extendió a Alex. Él lo tomó en la palma de su mano y se quedó así no más, mirándola fijamente.

—Maya...

—Sólo recuerda una cosa, Alex. Nunca nadie te ha amado más —dijo y salió corriendo por la puerta del cuarto de Alex y se marchó de la casa.

Las lágrimas le sobrevinieron cuando ya se había alejado a varias cuadras y se acercaba a su calle. Tampoco podía regresar allí todavía, pues los recuerdos eran demasiado recientes. Vaciló en la intersección y se enjugó las lágrimas de la cara. Respiró hondo y dobló izquierda en dirección al complejo de apartamentos donde vivía Daisy. El guardián de la entrada la detuvo, pero sonrió cuando la reconoció y le hizo un gesto para que pasara.

Maya condujo hasta la calle sin salida que llevaba al condominio de Daisy, estacionó su auto y se tomó un momento para componerse. Al salir del carro, una luz se encendió junto a la puerta del apartamento de Daisy, y Maya supuso que el guardián habría llamado para avisar de su llegada. Un segundo después, su amiga le abría la puerta.

Maya avanzó hasta la puerta y se percató del aspecto soñoliento de Daisy y de su bata de dormir.

—Disculpa que haya venido tan tarde, pero... —su voz era cortante en medio del dolor que la embargaba y las nuevas lágrimas que amenazaban con salir. No tuvo que decir nada más. Daisy, como siempre, sabía lo que había sucedido. Le abrió los brazos a Maya y ésta se lanzó a ellos y rompió a llorar en brazos de su amiga.

—Le voy a sacar el corazón con un cuchillo —amenazó Daisy, y mantuvo abrazada a Maya hasta que amainaron sus lágrimas.

Con su brazo aún por encima del hombro de Maya, Daisy la hizo entrar y la condujo a su sofá.

—Siéntate —le ordenó, y Maya obedeció, dejándose caer como una piedra en el sofá. Daisy se dio cuenta de que Maya estaba muy afectada y necesitaba recuperar el control y calmarse.

—Regreso en un segundo —se fue a su cuarto, buscó alguna ropa cómoda para que Maya se cambiara y volvió al sofá—. Ponte esto mientras te busco algo de tomar.

Maya asintió inexpresivamente, comenzó a desvestirse y Daisy se encaminó a la cocina para traerle algo de tomar a su amiga. Si hubiera sido cualquier otra persona, Daisy hubiera servido algún trago alcohólico para las dos, quizás una copa de vino. Pero se trataba de Maya, así que Daisy le calentó un poco de leche, buscó un tazón y le preparó una buena taza de cacao con esponjitas.

Regresó al sofá, se sentó junto a Maya, le acercó el tazón y esperó a que Maya tomara un sorbo antes de decir nada.

—Sé que ahora la situación pinta muy mal, Maya...

—Carajo, Daisy. Eso que dices no es ni la mitad de lo que siento —Maya tomó el tazón entre sus manos y se inclinó hacia adelante.

Daisy le pasó la mano por la espalda a Maya.

—Yo entiendo, Mayita, y lo siento. Estoy aquí para ayudarte.

Maya volteó la cabeza, le echó una mirada a su amiga y se pasó los dedos por el pelo para apartarse de la cara sus rojizos mechones.

—¿Es muy difícil cultivar una amistad conmigo, Daisy? ¿Soy tan poco razonable?

Daisy se percató de que la psique de su amiga estaba destrozada en ese momento, e hizo lo que pudo.

—Eres una de las mejores personas que conozco. Una de las más auténticas.

Maya carraspeó y apartó la vista al volvérseles a llenar de lágrimas los ojos. Tomó un sorbo de su chocolate y no dijo nada más, y Daisy le apretó la cabeza contra sí.

—Vas a necesitar toda tu fuerza y todo tu coraje para sobrevivir esta crisis, Maya. Pero tú puedes lograrlo.

Maya asintió, soltó el tazón y abrazó a su amiga, sabiendo que no le sería fácil salir del hoyo en el que se encontraba en ese momento, pero también sabiendo que podía contar con la ayuda de Daisy.

—Gracias —le dijo en tono grave, con dolor de garganta debido a su llanto.

—Tú harías lo mismo por mí —le respondió Daisy, tan segura de su amistad como no lo estaba de nada más en su vida.

CAPÍTULO 15

Maya no sólo se quedó esa noche, sino la siguiente. Le resultaba muy difícil volver a su casa vacía y recordar que hacía solamente una semana él había estado en la cama de ella, amándola.

Daisy sacó a Maya de la cama en la mañana del domingo, le prestó algunas ropas y la llevó a la cafetería IHOP, para ahogar entre las dos las penas de Maya con montañas de hojuelas y almíbar. La carga de carbohidratos y el monólogo ininterrumpido de Daisy hablando de cualquier cosa que no fuera de hombres, la ayudó a animarle el espíritu.

Mientras Maya escuchaba a Daisy hacerle el relato de cómo se probó unos pantalones nuevos estilo capri, se rió al imaginarse la irritación de Daisy al descubrir que de los pantalones que quería—con los que según ella había soñado—sólo quedaba una talla cuatro y no había talla seis.

—La vendedora quería que me los llevara, aunque me quedaban tan apretados que no podía ni respirar. Me dijo que los hombres se iban a babear y yo le respondí que yo también me iba a babear... cuando los enfermeros tuvieran que venir a darme reanimación.

—Si te la dieran —bromeó Maya—. Probablemente estarían muy ocupados babeándose ellos también.

—Gracias, amiga. Pero últimamente parece que he perdido mi magia —dijo Daisy cariacontecida, y se llevó a la boca con el tenedor un enorme bocado de hojuelas de moras, el cual tragó de golpe.

No era difícil imaginarse de lo que se quejaba Daisy. Habían pasado semanas sin que su amiga le hubiera mencionado ninguna salida con un hombre y Maya se preguntaba por qué. Al principio, se imaginó que Daisy había estado tan ocupada como ella, pero ahora sabía que no era por eso.

—¿Quién es él?

Daisy casi rezongó.

—Mejor que ni te enteres.

El nombre del mancebo se le escapó de los labios antes de que Maya pudiera controlarse:

—Brad.

A Daisy se le cayó el tenedor sobre el plato.

—Por favor, ni una palabra a nadie, Maya. Es más, hagamos como que nunca hemos hablado de esto.

Maya accedió muy dispuesta. Del mismo modo que Daisy no se sentía inclinada a platicar sobre su falta de vida amorosa con Brad, ella no estaba lista para hablar sobre Alex, y cualquier conversación sobre hombres con certeza conduciría en esa dirección. Por lo tanto, desvió por completo el tema de conversación.

—¿Qué crees tú que sea lo que está estropeando los resultados en el nuevo proceso?

—Hay tantas variables, y ni uno solo de los cambios que hemos probado ha dado resultado aún —se quejó Daisy. Mientras seguía comiendo, mencionó todo lo que habían puesto en práctica con la esperanza de lograr algún avance. Por cada cambio que hacían, otra cosa más salía mal.

Maya asintió a cada uno de los comentarios de Daisy, analizando en silencio todos y cada uno de los pasos y sus consecuencias. Al final habían vuelto al proceso original, y encontraron que, aunque era el más confiable, no funcionaba de acuerdo con las especificaciones. Por mucho que Maya tratara de hallarles una posible alternativa a los problemas, nada se le ocurría, al igual que nada se le había ocurrido a ninguno de ellos durante las últimas tres semanas.

Y el tiempo se les estaba acabando. En dos semanas tenían una reunión con los representantes de la compañía para hablar sobre los avances que se estaban registrando en el proyecto. Si no tenían una solución para el problema actual, Maya no sabía lo que la compañía haría. ¿Les darían más tiempo o les dirían que, a pesar de lo que habían pensado al principio, no era posible colaborar y cancelarían el proyecto?

Ella se inclinaba a pensar que tal vez decidieran abandonar el proyecto. Después de todo, cada vez se examinaba más de cerca en qué invertían sus recursos las compañías farmacéuticas, pues cada vez había más quejas sobre el aumento de los costos de atención médica. Esto había alejado a muchos de sus primeros inversionistas, y de hecho, los había obligado a financiar inicialmente su compañía con el dinero de sus propios bolsillos, o de sus familiares y amigos. Por supuesto, la gran ventaja había sido que la compensación era mucho mayor ahora que a CellTech le iba bien.

—¿Qué pasa si nos retiran los fondos, Maya? —preguntó Daisy, haciéndose eco de los pensamientos de Maya.

Si Daisy le hubiera preguntado el día anterior por la mañana, Maya habría respondido rápidamente. Le habría dicho que eso representaría la posible pérdida de una gran parte de las ganancias y tendría consecuencias sobre todos los resultados que se habían esforzado en lograr. Pero ahora se daba cuenta de que tal vez otras cosas fueran más importantes que la posibilidad de que su negocio se viniera abajo. En realidad, la pérdida del primer gran contrato de la compañía, si llegaba a ese punto, podría dañarlos al inicio, pero sobrevivirían a ese golpe.

—Encontraremos una solución, Daisy.

Por un momento, una expresión de sorpresa le cruzó por la cara a Daisy, y entonces la joven sonrió:

—Nunca te has equivocado antes, Maya. —Levantó su vaso de jugo de naranja y esperó a que Maya hiciera lo mismo. Los chocaron a la par que Daisy pronunciaba un brindis—: Por la supervivencia.

Maya se hizo eco del brindis, aunque para ella tenía un significado totalmente distinto.

—Por la supervivencia.

Todo su valor, y toda su fuerza. Daisy le había dicho que eso era lo que le iba a hacer falta, y tenía razón.

Se las había arreglado para sobrevivir a la realidad de llegar a la oficina en la mañana del lunes y no encontrar ningún mensaje de Alex en su contestador. Se las había arreglado para sobrevivir a un día difícil en la oficina, cuando Daisy y Brad comenzaron un altercado durante una reunión en la que acordarían el programa de la semana. Se las había arreglado para calmarlos a ambos y, con la ayuda de TJ, estableció una serie de cambios y ensayos que todos esperaban que arrojarían resultados esta vez.

Se atrevió a regresar a su hogar esa noche. Cuando entró y caminó hacia su contestador, no se veía la luz intermitente que indicaría que alguien había llamado. La atravesó una punzada de dolor, pero se lo reprimió. La casa vacía, su silencio, se burlaba de ella. Lo que era peor, le recordaban que todavía tenía otra dolorosa tarea que cumplir.

Maya levantó el teléfono, marcó el número de sus padres y les explicó que la cena de esa semana estaba suspendida. No les dijo por qué, pues no pudo hacerse del coraje que Daisy estaba segura que ella tenía. En lugar de ello mintió, al decirles que la cancelación se debía a un problema en el trabajo. A pesar de las calmadas respuestas al otro lado de la línea, Maya se imaginaba que su madre presentía que algo no andaba bien.

—Hija —comenzó a decir su madre—. No te hemos visto hace ya casi un mes. ¿Por qué no vienes a cenar? Voy a hacer tu comida favorita, ropa vieja —la halagó.

—Ay, Mami. Si fuera tan fácil —dejó escapar ella.

—Lo es, mi'ja —la urgió su madre—. Dime qué te pasa.

Maya se cubrió la cara con una mano y se enjugó unas lágrimas traicioneras.

—Mami, te tengo que dejar. Te llamaré tan pronto tenga un momento.

No esperó la respuesta de su madre y colgó el teléfono antes de perder el poco control que le quedaba.

Luego, aunque tenía poco apetito, se obligó a tomar un yogur y comerse alguna fruta del refrigerador. Más tarde esa noche, después de pasar inútilmente por cien canales de televisión sin encontrar nada que la distrajera, se metió sola en la cama. Al no poder conciliar el sueño, se puso a hojear una revista de cocina, y después un ejemplar de la revista *Latina* que Daisy le había prestado. Maya terminó su lectura y se dio cuenta de que no había logrado tener más sueño que el que tenía desde que se fue a la cama. Descendió a la planta baja y calentó una jarra de leche en el microondas, añadiendo canela y miel de la misma manera que lo hacía su abuelita.

Mientras tomaba sorbos de la leche caliente, regresó al cuarto, tomó un libro de suspenso que había empezado unas semanas atrás, y se acomodó de nuevo en la cama. Mientras leía, sorbía la dulce leche con canela a gusto, y como de costumbre, su calor la fue llenando. Al final del capítulo que estaba leyendo, los ojos comenzaron a ponérsele pesados, y después de cabecear, bostezó, revisó su reloj despertador una última vez para asegurarse de que estaba puesto y se entregó al sueño que tanto necesitaba.

Los días se fueron sucediendo uno a otro mientras Maya estaba inmersa en solucionar los problemas del trabajo y trataba de no pensar en Alex ni en Samantha. Esto último era difícil, especialmente cuando Maya se vio obligada a envolver el regalo de Sam y enviárselo por correo, para que llegara a tiempo para la fiesta del cumpleaños de la pequeña. Fue aun más difícil cuando llegó el martes y, en lugar de tener su cena de costumbre con ellos, se vio compartiendo una pizza con Daisy, Brad y TJ porque se habían quedado trabajando hasta tarde.

El miércoles, estaban trabajando con ahínco otra vez cuando TJ recibió una llamada de su esposa. Ya estaba de parto. Él salió corriendo de la oficina, prometió llamar tan pronto como supiera algo y los otros tres se pusieron a trabajar de nuevo.

Casi ocho horas después, TJ les anunció que era padre de un varón de tres kilogramos y medio y de cincuenta y seis centímetros. Le habían puesto de nombre Thomas James Li Jr., y TJ prometió que al día siguiente les llevaría fotos.

Estaban agrupados alrededor de la computadora de Brad, analizando los resultados dc la última prueba de electroforesis, cuando TJ entró, mostrándoles un sobre de fotografías y con una enorme sonrisa que Maya nunca le había visto al serio joven.

—¡TJ! ¡Felicitaciones! —dijo ella, y le dio un fuerte abrazo. TJ le devolvió el abrazo y le puso las fotos en la mano.

—Míralo, Maya. Es igualito a su papá —le dijo. Sonrió con orgullo y miró hacia Brad y Daisy—. Tiene las manos enormes. A lo mejor jugará de *shortstop* para los Mets como lo hubiera querido hacer yo.

Daisy volvió a mirarlo.

—¿De *shortstop?* ¿Tú querías ser jugador de pelota, TJ?

TJ se movió nerviosamente, se sonrojó y entonces sonrió otra vez, con una sonrisa inusitadamente amplia.

—Sí, pero era malísimo como bateador. Me eliminaron en la primera vuelta de pruebas en Columbia.

Brad se levantó de junto a la computadora y le estrechó la mano a TJ.

—Bueno, TJ. Si te puedo ayudar en algo, házmelo saber.

—Sí, claro. Le puedes enseñar cómo ser un gran imán para las muchachas de la playa —se burló Daisy.

Brad hizo un ademán de desprecio ante el comentario de ella, y estaba a punto de lanzarle una réplica, pero Maya lo calló al alzar una mano.

—TJ. En esta extraordinaria ocasión, pensamos que deberíamos hacer algo especial. Por eso pedimos pizza con todos los extras para el comedor. Maya lo llevó al comedor, seguida por sus socios. Cuando TJ entró al salón, hubo grandes gritos de "¡Sorpresa!" de parte de todo el personal que se había reunido allí para la fiesta de regalos para el bebé.

TJ caminó por entre la muchedumbre, que le daba palmadas en la espalda, le preguntaba por su esposa y el bebé, y competían por ver las fotografías mientras éstas circulaban.

Daisy y Brad condujeron a TJ hacia una silla al frente del salón, donde lo sentaron y lo ayudaron a abrir todos los regalos que la gente había traído. Había pequeñas camisas y trajes, una bella manta de punto que Jeany había tejido y juguetes. De parte de Brad, un minúsculo guante de pelota y una gorra de los Mets. TJ estaba exaltado al tratar de introducir su manota en el guante y Daisy le puso la gorra en la cabeza mientras alguien le tomaba una foto, a fin de atrapar para siempre el instante.

Daisy y Maya se habían puesto de acuerdo y habían comprado un juego de vajilla de Peter Rabbit Wedgewood para el bebé, junto con un juego completo de los libros de Peter Rabbit. También le habían dado un juego de certificados de regalos válidos para pagarles con ellos a niñeras, para que él y su esposa pudieran salir de cuando en cuando.

TJ sonrió, se levantó y abrazó a cada uno de los presentes. Para finalizar la celebración, había un pastel cubierta de flores rosadas y azules, la cual cortaron y compartieron con todos.

Tras la celebración, Maya y sus socios llevaron a TJ a almorzar y, cuando llegaron a su lugar acostumbrado, la dueña felicitó a TJ. Lisa, su mesera, trajo una jarra gratis de margaritas para que brindaran por la feliz ocasión y un plato de nachos para entretenerlos hasta que llegara el almuerzo.

Brad sirvió la helada mezcla y colocó una pajita en cada uno de los vasos, y repartió estos entre los presentes. Cuando todos tuvieron un vaso, Brad volvió a hacer un brindis por TJ, su esposa y su nuevo hijo. Todo el mundo tomó un sorbo de las margaritas, y se dedicaron a comer los nachos con deleite.

Maya jadeó al tomar demasiado jalapeño en su nacho, abrió la boca, y trató de ventilársela con la mano y le echó mano a su trago para enfriar el ardor. Trató de tomar un gran sorbo de la margarita, pero la bebida era muy espesa. Maya puso el vaso en la mesa y el absorbente se quedó recto en el centro de la mezcla verde limón.

—Creo que voy a tener que esperar hasta que...

Su voz se fue apagando. Todos en la mesa se quedaron mirando al vaso de ella, y unos a otros. En un instante de completo acuerdo y comprensión, les vino a la mente lo único que no habían probado para lograr que su proceso funcionara a toda capacidad.

Brad se levantó a toda prisa de su silla mientras Daisy y TJ tumbaban las de ellos en la carrera por regresar a la oficina.

Maya se quedó atrás por un momento, y lanzó algunos billetes sobre la mesa para pagar la comida que habían pedido. Se levantó, tomó su vaso y lo alzó en un brindis a las sillas vacías.

—A las inspiraciones inesperadas —dijo, tragó un buen sorbo de la bebida y arrugó los ojos ante la punzada que le causó el frío.

Entonces corrió tras sus amigos, segura de que sólo era cuestión de tiempo hasta que resolvieran el problema, deseando que su vida personal se resolviera tan fácilmente.

CAPÍTULO 16

El domingo, Maya pasó el día en un encuentro íntimo para celebrar la llegada del nuevo hijo de TJ. Estaban los padres de TJ, al igual que los de su esposa. También estaba un grupo de amigos y familiares, incluso Brad y Daisy.

A Maya le resultaba difícil estar allí, en una casa a apenas unas cuadras de la de Alex, y saber que allá también se celebraba algo: el quinto cumpleaños de Samantha. Mientras tomaba a sorbos la cerveza que alguien le había puesto en la mano, se preguntaba si Samantha habría recibido su regalo y si le habría gustado.

También se preguntaba si la pequeña la estaría extrañando o estaría triste porque Maya no había asistido a su fiesta. Se preguntaba qué le habría dicho Alex al respecto, y sabía que él no habría sido duro; que le habría hablado de Maya a su hija con tono neutral. Tenía fe en eso, sin importar lo que hubiera pasado. Sabía que Alex jamás sería capaz de tener tanta malicia como para destruir el lazo emocional que se había creado entre Samantha y ella.

Maya sabía que con el tiempo ese lazo se iría desvaneciendo. Eso le dolía, especialmente cuando la esposa de TJ se le acercó, le tomó la cerveza de la mano y le entregó al bebé. Maya abrazó a la diminuta criatura, le pasó la mano por la suave frente y sonrió cuando los labios del bebé se fruncieron de deleite.

—Es hermoso, Vi.

Lo meció en sus brazos y siguió sonriendo a pesar del creciente dolor que sentía en el corazón. En unos minutos el niño se tornó intranquilo, y sus brazos y piernas comenzaron a agitarse bajo la manta que lo envolvía. Maya miró a Vi, quien sonrió y tomó a su hijo.

—Siempre tiene hambre. Como su padre —dijo Violeta, lo sostuvo junto a su seno, y el pequeñín se tranquilizó y apretó la nariz contra su madre—. Creo que ya es su hora —dijo Vi y volvió a entrar en la casa para amamantarlo.

Maya la observó mientras se alejaba. Volvió hacia el grupo y Daisy se encaminó hacia ella.

—¿Estás bien? —le preguntó Daisy al acercarse a Maya, y le cambió la cerveza tibia por una Coca Cola fría.

—Sí, eso creo —reconoció ella—. ¿No es adorable el bebé? ¿Lo cargaste?

Daisy se estremeció y rápidamente negó con la cabeza.

—De ninguna manera. Los niños y yo no ligamos.

Maya miró a Daisy, sorprendida por su tono de vehemencia.

—Daisy, tarde o temprano tendrás que enfrentar ese problema.

—Nah. A lo mejor me busco a un hombre que ya tenga familia, como hiciste tú —tan pronto como las palabras salieron de su boca, Daisy se encogió y se disculpó.

Haciendo acopio de fuerzas, Maya logró conservar la calma.

—Daisy, a veces eres totalmente insensible.

—Mayita, lo siento de veras. A veces no pienso lo que digo —dijo, apretó a Maya en un fuerte abrazo, y la sacudió en broma—. Dime qué puedo hacer para compensarte. ¿Quieres que lo llame de parte tuya? ¿Que le parta las piernas, o qué? —preguntó, imitando el acento de Nueva York.

A Maya le era difícil seguir enojada.

—No lo voy a llamar; no he hecho nada malo.

—No, no hiciste nada malo —asintió Daisy mientras estiró la mano y tomó otra Coca Cola de una nevera cercana—. ¿Pero cuánto tiempo vas a esperar?

Maya jugueteó con la lata de Coca Cola que tenía en las manos, le secó la humedad de los costados y tomó un sorbo del frío y dulce refresco. Hizo una mueca, demasiado acostumbrada a la versión de dieta como para poder disfrutar ya más la verdadera. Del mismo modo, estaba demasiado acostumbrada a tener cerca de sí a Alex y a Sam como para durar demasiado sin ellos. Incluso si se tragara su orgullo como si fuera el refresco que estaba tomando, no le serviría de nada a menos que Alex también estuviera dispuesto a hacer concesiones. Eso pudiera tomar algún tiempo.

—Voy a esperar unos días—tal vez una semana—para ver si él me llama.

—¿Y entonces? —presionó Daisy.

—Entonces lo llamaré yo, o iré a partirle las piernas —le replicó.

Los días que Maya había dicho que esperaría transcurrieron sin que hubiera llamadas, pero no sin que hubiera contacto. El miércoles llegó una tarjeta de agradecimiento por el regalo de Samantha. Dentro de la tarjeta había un mensaje de Sam, de que extrañaba a Maya, garabateado con lápices de colores. El mensaje estaba rodeado de corazones y flores de muchos colores, y tenía un ligero aroma. Maya se llevó la tarjeta a la nariz y sintió la sutil fragancia de fresas.

Sonrió al darse cuenta de que Sam había utilizado al menos parte de su regalo para hacer la tarjeta: los lápices de colores aromatizados.

Colocó cuidadosamente la tarjeta sobre su mesa, pues quería que le recordara que había cosas por las que valía la pena sacrificar el orgullo propio. Sin embargo, al llegar el fin de la semana sin que él hubiera llamado, Maya tenía el orgullo hecho añicos, y comenzó a sentir ira. Por lo visto, los sentimientos de Alex por lo que habían compartido fueran tan escasos, que pudiera sacrificarlo con tanta facilidad.

Maya aplacó la ira que le hervía por dentro para que, al reunirse con el gerente de proyectos y con el vicepresidente de su compañía cliente, pudiera representar a CellTech adecuadamente. Comenzó a presentar su informe, cediendo la palabra a Brad, a Daisy o a TJ cuando correspondía. Durante la última semana, a partir del descubrimiento relacionado con la mezcla helada de la margarita y los cambios que ésta les inspiró a aplicar en los medios que estaban utilizando para la electroforesis, habían registrado notables avances.

Al parecer, el gerente de proyectos y el vicepresidente pensaban lo mismo, pues se notaban complacidos con el informe inicial. Iban a adentrarse en detalles concretos cuando alguien tocó a la puerta de la sala de conferencias y Jeany asomó la cabeza.

—Señorita Alfonso, hay una llamada de urgencia para usted.

Maya se asustó, se excusó rápidamente y volvió a su oficina, donde Jeany le pasó la llamada. Era de la guardería infantil de Samantha, y llamaban para decir que la niña estaba enferma y tenía fiebre. Habían tratado de notificarle al padre pero, a pesar de los intentos del personal de su consultorio, fue imposible localizarlo. Tampoco habían logrado localizar al otro contacto que tenían para casos de urgencia.

A Maya no le cabían dudas en la mente acerca de lo que había que hacer.

—Comprendo. Llegaré en unos quince minutos —le confirmó a la enfermera.

—De acuerdo. Además, señorita Alfonso, pensamos que es varicela, así que le sugerimos que usted o el padre la lleven al médico de inmediato —le dijo con calma la enfermera de la guardería.

—¡Qué! ¿Varicela? ¿Está segura? —preguntó, sintiéndose casi como si la mujer hubiera dicho que Samantha tenía la peste bubónica. Para Maya, era igual de mala pues, que ella supiera, nunca le había dado la varicela.

Una risa casi indignada sonó al otro lado de la línea.

—Aunque yo no sea médico, señorita Alfonso, después de diez años atendiendo a niños de edad preescolar, sé determinar cuando uno de ellos tiene la varicela.

Maya exhaló un gemido y se enjugó con la mano la frente repentinamente sudorosa.

—¿Eso es... muy contagioso?

—No si ya la ha tenido antes.

—¿Y si no la he tenido? —preguntó, a la par que buscaba en su mesa y sacaba su cartera, aprestándose para salir.

—Puede que usted haya sido expuesta y no hubiera tenido una reacción muy fuerte. Es difícil de determinar y tal vez lo deba consultar usted con el médico de su familia. Claro, siempre que no esté embarazada —terminó de decir la mujer cautelosamente.

—En seguida llamo al pediatra de Sam y me pongo en camino —confirmó ella. Al colgar, Maya se dio cuenta de que Jeany estaba esperando ansiosamente en la puerta.

—¿La puedo ayudar en algo, señora jefa? —preguntó tras haber escuchado parte de la conversación de Maya.

Maya hurgó en su cartera y sacó una de las tarjetas de Alex.

—Por favor, llama a esta oficina y pregunta si han podido localizar al doctor Martínez. Diles que voy a recoger a Samantha, y que parece que tiene la varicela.

—Vaya, la varicela. Esa sí es mala —advirtió Jeany—. ¿Y se va a ir de la reunión?

Maya miró fijamente a la joven.

—Llama al médico. Me tendré que excusar. Te veo mañana.

Jeany asintió y avanzó hasta su escritorio, se sentó y marcó el número, pero Maya no esperó a que su secretaria finalizara la llamada.

Regresó a la sala de conferencias y entró sin hacer ruido en el momento en que Daisy terminaba su informe. Todo el mundo se dio vuelta para mirar en su dirección, y aprovechó el momento para explicarles que se había presentado una situación de urgencia en la familia y tendría que marcharse. Sus socios asintieron, indicando que podrían arreglárselas solos, y los representantes del cliente expresaron sus esperanzas de que no fuera nada grave. Se levantó de la mesa, les estrechó las manos a todos y salió rápidamente.

Samantha la esperaba en la guardería, que estaba a apenas unas cuadras del consultorio de Alex. Estaba acostada en una cuna, acurrucada bajo una manta ligera, con aspecto infeliz y ligeramente ruborizada. Su cara se alegró cuando Maya entró en el salón. La pequeña se sentó y levantó sus manos para que Maya la cargara.

Maya caminó hasta Samantha, se sentó junto a ella y la atrajo a su regazo.

—¿No te sientes bien, cariño?

Samantha se acomodó contra ella y su pequeño cuerpo despedía calor. Maya le pasó una mano por la frente, que estaba húmeda de sudor y cuya temperatura era aun más alta que la del resto del cuerpo. Samantha se frotó la barriga, Maya le levantó el borde de la blusa, y notó la erupción rosada que tenía en el vientre.

—Me parece que necesitamos ir a ver al médico.

La niña asintió y Maya se levantó, cargándola. Le dio las gracias a la enfermera por su ayuda. La mujer de mediana edad sonrió y, para ayudar a Maya, cargó con la mochila y el abrigo de Sam hasta el coche. Se quedó junto a ellas mientras Maya acomodaba a Sam en el asiento trasero.

—¿No tiene asiento para niños? —preguntó con tono de desaprobación.

Maya cerró la puerta trasera, tomó los objetos que la mujer le sostenía y los lanzó en el asiento del acompañante. Le desagradó el tono de condena que le notó en la voz a la mujer.

—Todavía no estoy realmente preparada para los niños, pero esto era un caso de urgencia.

La mujer siguió parada junto a la portezuela del coche de Maya.

—Bueno, si el Dr. Martínez y usted van a...

—No vamos —replicó ella secamente y la mirada de la enfermera se suavizó. Colocó una mano en ademán de conmiseración sobre el hombro de Maya—. Lo siento. Pero Samantha es afortunada de tener una amiga como usted, que se preocupa tanto por ella. Sam la menciona a menudo.

Las lágrimas amenazaban con abrumarla.

—Necesito llevar a Sam al médico —se excusó, y entró en su coche. Salió en retroceso de la entrada de la guardería y condujo hasta el consultorio de Alex. El estacionamiento trasero estaba lleno, por lo que se vio obligada a buscar un lugar en la calle. Rápidamente, cargando a Sam entre sus brazos, cubrió la corta distancia hasta el consultorio y entró.

La recepcionista la reconoció rápidamente y la dirigió hacia uno de los salones de reconocimiento, tras explicarle que querían mantener a Sam separada de los otros niños que estaban allí para consultas de rutina.

—¿Han podido localizar al doctor Martínez? —preguntó Maya con preocupación.

—Todavía no. Estaba en una conferencia en Paramus. Tratamos de contactarlo por el localizador y por teléfono, pero no lo conseguimos. Para cuando llamamos para que lo buscaran, la conferencia había terminado y él ya se había marchado.

Maya asintió y mantuvo a Samantha en su regazo al sentarse en la silla del salón de reconocimiento.

—Bueno, no tenemos por qué preocuparnos. Tu papi pronto estará aquí —dijo y le dio un beso a Samantha en la frente, la cual se le ponía cada vez más caliente.

La recepcionista sonrió amablemente.

—No se preocupe. Enviaré a la enfermera para comenzar.

Ante eso Samantha comenzó a agitarse, y gimoteó por lo bajo.

—Que no me inyecten, Mima. Que no me inyecten —lloriqueó.

Maya le lanzó una mirada a la recepcionista, quien negó con la cabeza, confirmando que no sería necesario inyectarla.

—No te van a inyectar, Sammy. No te preocupes.

Continuó meciendo a Samantha en sus brazos y la pequeña se tranquilizó hasta que la enfermera, una atractiva joven de veintitantos años, entró en el cuarto.

—Hola, Samantha. ¿Te acuerdas de mí? —preguntó y se arrodilló frente a ellas para poder ver a Samantha.

Samantha tenía su cara hundida en el pecho de Maya, pero le echó una breve mirada a la joven y sonrió.

—Yo te conozco —replicó Sam suavemente.

La enfermera asintió, se levantó y le indicó a Maya que la llevara a la mesa de reconocimiento. Maya llevó a Sam hasta la mesa y la acostó, pero permaneció a su lado, sosteniéndole la mano. Rápida y eficientemente la enfermera le tomó la presión arterial y la temperatura a Samantha y las anotó en su registro. Le levantó el borde de la blusa, le examinó la barriga y después le zafó el botón superior y la cremallera de sus pantalones vaqueros cortos. Al apartar la tela, se dejó ver más piel enrojecida de la erupción.

—Bueno, Samantha. No soy médico, pero me parece que tienes la varicela —dijo, y Samantha lloriqueó y le apretó más fuerte la mano a Maya.

—Yo no quiero ponerme como una gallina —gimoteó, a punto de llorar—. No quiero convertirme en gallina.

Maya se inclinó hacia ella y le pasó la mano por la frente para ver si así lograba calmarla.

—No te vas a convertir en gallina. Sólo te va salir esta erupción por todas partes y te va a dar mucha picazón —le explicó Maya.

Samantha la estudió con una mirada de preocupación.

—En Rugrats, Angélica le dijo a Chucky que se convertiría en gallina.

Al enterarse de la causa de la preocupación de la niña, Maya trató de calmarla.

—A muchos niños les da la varicela y ni uno solo de ellos se ha convertido en gallina.

—Así es —se hizo eco la enfermera al lado de ella—. A mí me ha dado la varicela y no soy una gallina, ¿no crees?

Samantha negó con la cabeza y miró de nuevo a Maya.

—¿A ti te dio la varicela, Mima?

—No, cariño. Yo nunca he tenido la varicela —dijo Maya y observó la sorpresa de la enfermera ante su respuesta.

—Debe decírselo al médico —empezó la enfermera—. De esa manera, él le explicará qué es lo que usted puede esperar.

El doctor, un colega de Alex, abrió la puerta en ese momento y entró en el cuarto.

—Vaya, hola, Samantha. Oí decir que te sientes mal —dijo con expresión jovial mientras recibía la historia clínica de manos de la enfermera.

Tras una rápida revisión de los papeles, le examinó el estómago a Samantha y le alzó la blusa para dejarle al descubierto el pecho, que aún seguía sorprendentemente sin marcas.

—Apenas le está empezando —le indicó a Maya.

—La erupción se va a extender hacia arriba y hacia abajo, y va a darle más prurito. Cuando las ampollas se hagan más grandes, comenzarán a reventar —dijo y tomó un depresor de lengua del bolsillo de su chaqueta, la cual era parecida a las de

Alex, pero de color rosa pálido. Le pidió a Samantha que abriera la boca y le examinó la garganta—. Qué suerte. Todavía no tiene nada en la garganta.

Maya tragó en seco, pues comenzaba a alarmarse.

—¿Se te mete en la garganta? —chilló.

—A veces por todas partes. Generalmente es más leve en los niños, pero puede ser muy mala en los adultos.

—Ah, doctor. Esta joven no ha tenido la varicela.

Él le lanzó una mirada a Maya, y procedió a explicarle lo que podía esperar en una o dos semanas si se contagiaba.

—Pero por supuesto, es posible que a usted ya haya tenido una manifestación leve de la varicela, así que tal vez no se contagie.

Maya asintió rígidamente y volvió su atención a Sam.

—¿Qué podemos hacer por Samantha, doctor?

Él le entregó una hoja impresa con instrucciones y escribió una prescripción.

—Esto es un medicamento antiviral, que puede ayudar a mantener más leves los síntomas. Trate de evitar que se rasque. Eso le extendería la erupción y puede dejarle cicatrices. Sería bueno que use guantes para que no se rasque.

El doctor le sonrió a Samantha y sacó un chupete de su bolsillo.

—Tu favorito, pero tienes que prometerme una cosa.

Sam asintió y estiró la mano para alcanzar la golosina, pero el doctor la retiró y dijo:

—Promete que tratarás de no rascarte.

Samantha le lanzó una mirada a Maya y entonces volvió su atención al chupete.

—'tá bien.

El doctor asintió con la cabeza y salió, con la enfermera siguiéndolo de cerca. Maya alzó a Samantha otra vez y se marcharon. Recorrieron la corta distancia que los separaba de la casa de Alex, tras un breve desvío hasta la farmacia para recoger la medicina. Esta vez, Maya no tuvo que buscar la llave oculta en la estatua del conejito que estaba en el portal. Unas semanas antes, cuando las cosas empezaron a ir en serio, Alex le había dado una copia de la llave. En ese momento pensó que, cuando se marchara esa noche, debería dejar la llave.

Maya acomodó a Samantha en su cama, y le cambió la ropa por un pijama ligero para evitar que se calentara demasiado. También le dio la primera dosis del medicamento antiviral y algunas medicinas para la fiebre. En la farmacia también había recogido algunos de los otros remedios sugeridos en el impreso con las instrucciones. Al ver que Sam se frotaba la barriga, Maya decidió que había llegado el momento de probar al menos uno de ellos.

—Acuéstate, cariño, para que Maya te ponga esta loción —le indicó. Samantha hizo lo que se le pedía, y Maya le levantó la camisa del pijama, le bajó los pantalones, y le untó la loción rosada de calamina por la barriga y las costillas. Tal como había predicho el doctor, la erupción se había extendido.

Dejó que la loción se secara y volvió a colocarle el pijama en su lugar.

—Quiero que te estés tranquila mientras te busco algo de beber. Es importante que tomes suficiente líquido.

Samantha asintió con seriedad y abrió sus brazos.

—Sam quiere un abrazo.

Maya tenía el corazón contrito, pero abrazó a la niña y la apretó fuertemente hasta que comenzó a retorcerse.

—Tengo picazón. —Se frotó la barriga, y Maya le sujetó las dos manos para que no se rascara más.

—Recuerda lo que prometiste, que no ibas a rascarte —dijo y se levantó. Estaba a punto de dirigirse a la cocina en busca de algo de tomar cuando la puerta del frente se abrió y se cerró. Un instante después, Alex entró en el cuarto.

—Maya —en su voz había un tono de sorpresa, y algo más. Ella no quería pensar que era placer de volver a verla.

—Alex. Me alegro de que al fin pudieran localizarte. —Se acercó a la cama, se inclinó y depositó un rápido beso en la mejilla de Sam—. Ya es hora de que me vaya, cariño.

Sam agarró el cuello de Maya, sujetándola con fuerza.

—No, Maya. No te vayas otra vez. No te vayas —lloriqueó.

Maya no se consideraba débil ni demasiado emocional, pero las palabras de Sam le llegaron a lo más hondo, y la hicieron querer olvidar su orgullo y todo lo demás, y quedarse. Las siguientes palabras de Alex ahuyentaron por completo esa emoción.

—Maya no se puede quedar, Samantha. Tiene que regresar al trabajo —dijo inexpresivamente, sin revelar nada de lo que sentía.

Samantha miró de un adulto al otro y, al parecer, se percató de la desazón.

—Te quiero, Mima —le dio un último abrazo a Maya, la dejó ir, y se acostó contra sus almohadas.

—Yo también te quiero, Samantha. Espero que muy pronto te mejores —le respondió ella, acallando el pesar en su corazón. Se volvió y le comunicó a Alex cuáles medicinas le había dado a Samantha y a qué horas se las había dado.

Con una última caricia en la mejilla de Samantha, Maya se levantó y se alejó por el pasillo, seguida por Alex. Al llegar a la puerta del frente, se detuvo y se volvió de frente a él.

—Me parece que te debo esto —mientras hablaba, quitó la llave de su llavero y se la devolvió.

—Maya —empezó a decir él, pero ella levantó la mano y lo silenció, incapaz de lidiar en ese momento con otro problema más—. Necesito irme, Alex.

No le dio oportunidad a responder, sino que sencillamente se marchó. Aunque un demonio interior le decía que mirara hacia atrás para ver qué estaba sintiendo él, no miró.

CAPÍTULO 17

Para cuando Maya regresó a su oficina, hacía rato que los representantes de su cliente se habían marchado, y también se había ido TJ. Sólo quedaban Brad y Daisy, que se habían acomodado en la oficina de Daisy y estaban sorprendentemente melosos entre sí.

—Supongo que todo salió bien, ¿eh? —preguntó Maya al entrar, depositó su bolso en el piso y se sentó junto a Brad en el sofá de Daisy.

—Perfectamente —respondió Daisy, y Brad se hizo eco de su sentimiento.

—¿Perfectamente? —preguntó Maya, sintiéndose de repente tan inútil como una quinta rueda—. Bueno, entonces supongo que me puedo ir.

Brad le tomó la mano cuando ella se iba a levantar, y la hizo quedarse junto a él en el sofá.

—Cálmate, Maya. ¿Cómo está la niña?

Maya evitó mirarlo a los ojos, por temor a verle una expresión de lástima.

—Está bien; gracias por preguntar.

—Y el padre —añadió Daisy, con lo que se mereció una fulminante mirada de advertencia de Maya—. Ah, bueno. Nada ha cambiado, ¿no? Es muy estúpido.

—Sí, definitivamente tiene que ser un estúpido si no es capaz de apreciar a nuestra Maya —agregó Brad y la abrazó fuertemente—. Vamos, Maya. Decidimos que todos vamos a ir a casa de Daisy a celebrar.

Ver a Brad confabulado con Daisy daba un poco de temor.

—No tengo muchos deseos de celebrar, muchachos, pero gracias de todas formas.

Daisy se levantó de detrás de su escritorio y tomó su cartera. Caminó hasta el sofá y también tomó la cartera de Maya.

—No entendiste, querida. No te lo estamos presentando como una opción. ¿No es así, Brad?

Él se sonrió y se puso de pie.

—Así es, Daisy.

La mirada de Maya rebotaba de uno a la otra. Le echó un vistazo a su oficina y sacudió la cabeza.

—Está bien, ya entiendo. O estoy en un universo paralelo, o ustedes son unos impostores extraterrestres que se han apoderado de los cuerpos de Brad y Daisy. No me van a tomar el pelo, así que más les vale que regresen al lugar de donde vinieron. —Pero Brad no estaba dispuesto a ceder.

—Ven por las buenas o me voy a tener que convertir en un cavernícola y arrastrarte por el pelo —le advirtió y se golpeó el pecho en son de burla.

Maya le lanzó una mirada a Daisy y se dio cuenta de que su amiga no acudiría en su ayuda. Por el contrario, Daisy se le había quedado mirando a Brad con una expresión que parecía decir que ella quisiera ser la que él arrastrara por el pelo. Entonces Maya se dio cuenta de que la mejor defensa en este caso sería devolver la pelota a los dos.

—Está bien. Entonces habrá celebración —accedió—. Daisy puede preparar una buena jarra de margaritas, y Brad y yo prepararemos un festín de tacos, nachos y otras golosinas.

Brad y Daisy intercambiaron una mirada y se sonrieron, satisfechos de sí mismos y sin sospecharse lo que Maya estaba tramando en respuesta. Daisy entrelazó su brazo con el de Maya y la sacó del estacionamiento.

—No confío en ti, Mayita —murmuró lo suficientemente bajo como para que sólo Maya la oyera, con lo que la hizo temer que la hubieran descubierto—. Así que vas a venir conmigo en mi carro, porque no confío en que no te vayas a tu casa en lugar de ir a la mía.

Maya se rió y no vaciló en ir con Daisy. Brad las siguió en su propio auto. En un santiamén, puesto que Daisy vivía literalmente al doblar de la esquina de las oficinas de CellTech, estaban estacionados frente al condominio de ella. Daisy los hizo pasar y les dijo que tomaran lo que quisieran en la cocina mientras ella se cambiaba de ropa.

Brad no perdió el tiempo. Dejó sus zapatos y sus calcetines junto al sofá, se aflojó la odiosa corbata y se la quitó. Luego se zafó algunos botones de la camisa, se desabotonó el cuello y se subió las mangas. Miró fijamente a Maya, quien a su vez se quitó sus zapatos de tacón alto y la chaqueta, y la puso sobre uno de los brazos del sofá.

—¿Lista para cocinar? —dijo Brad y le sonrió de oreja a oreja. Entonces Maya comprendió por qué él gustaba tanto a Daisy. Se veía muy simpático con su cara juvenil, al estilo de Brad Pitt, especialmente cuando sonreía.

—Lista —respondió ella y lo condujo a la cocina, donde buscó los ingredientes para preparar nachos y tacos y los dispuso sobre una meseta—. ¿Quieres preparar primero los nachos para que podamos comer algo mientras hago los tacos?

Brad asintió y tomó una gran fuente de terracota que Maya había sacado de un anaquel.

—Sí, eso suena bien. Y Daisy puede prepararnos las margaritas para que trabajemos alegremente —bromeó y se puso a silbar la melodía de la canción de los enanos de Blancanieves.

Daisy entró en la cocina y le dio un golpe con la toalla a Brad por el trasero.

—Si no hay nachos, no hay tragos —le advirtió.

—Es una mayoral, igual que en el trabajo —se quejó Brad y Maya decidió limitarse a ser espectadora del diálogo entre los dos. La sorprendía ver cómo sus bromas fuera de la oficina tenían otros tonos de los que ella no se había percatado antes. Tal vez era porque ella se sentía particularmente sensible ese día, como si el exceso de emociones de su encuentro de horas antes le hubiera aguzado los sentidos.

Brad y Daisy cumplieron con su cometido. Prepararon los nachos y los tragos, los repartieron para todos y luego se pusieron a ayudar a Maya con las guarniciones de los tacos de carne de res que ella estaba preparando.

Los nachos estaban calientes y las margaritas, frías. Ambos

fueron consumidos rápidamente. *Demasiado rápido,* pensó Maya, al sentir que su visión del mundo se le volvía un tanto difuminada y que la conversación entre Brad y Daisy se tornaba un tanto más... pues, atrevida. Por el momento todo parecía tener un matiz sexual mientras se comían los tacos. Hasta que Daisy hizo un comentario sobre lo inútiles que eran los hombres en las relaciones... y que sólo servían para el sexo.

—Pero, por supuesto, una siempre tiene las baterías —dijo Daisy para cerrar su intervención.

Brad se irritó con la observación y corrió su silla para acercarla más a Maya.

—No todos nosotros somos inservibles, Daisy. Algunos apreciamos a las mujeres como Maya —le respondió y le echó un brazo al hombro a Maya.

—¿De veras? —le preguntó Daisy, arqueando una ceja tan alta que Maya se imaginó que era posible lanzar una flecha desde ella directamente al corazón de Brad—. Y supongo que a eso se debe que todas esas muchachitas en bikini que van a tu casa en la playa tengan títulos de doctoras en ciencias y dirijan compañías multimillonarias. Porque tú aprecias a una mujer moderna como Maya, ¿no?

Brad se enrojeció y le retiró el brazo de los hombros a Maya.

—Estás celosa de esas "muchachitas", como tú les llamas, Daisy. Es increíble.

—¿Por qué? El hecho de que tú y Alex no sepan apreciar lo que tienen ante las narices no significa que tengamos que resignarnos a eso —atacó Maya, apoyando a su amiga.

Brad se quedó sin decir nada durante un segundo y miraba alternativamente a las dos mujeres. Tomó un taco del plato, lo movió en dirección a Maya y dijo:

—Alex es un tonto.

Maya no quería que la conversación siguiera por ese camino, pero no pudo evitarlo, pues Brad y Daisy comenzaron a interrogarla sobre lo que había sucedido y, en conmiseración con ella, empezaron a decir lo que le harían a Alex para desquitarse por ella. Maya sabía que sus amigos tenían buenas intenciones, pero le resultaba difícil oírlos hacer una disección de su relación de la misma manera que estudiarían cualquier otro problema en el laboratorio. Maya abandonó la mesa, valiéndose de la excusa de que era necesario preparar otra jarra de margaritas.

Brad y Daisy continuaron su análisis, pero Maya los acalló con el estruendo de la licuadora, mientras se trituraba el hielo y se mezclaba con el jugo de limón para los tragos. Maya tomó copas limpias, sirvió buenas cantidades de tequila en dos de ellas y dejó la tercera sin la bebida alcohólica.

Vertió la helada mezcla hasta la mitad de las dos primeras copas, las revolvió con una cuchara para mezclar el tequila, y luego las rellenó y volvió a revolverlas. Colocó absorbentes en las copas y se sirvió la suya propia, a la cual no le puso absorbente para poder identificarla.

Cuando regresó a la mesa, sus amigos había moderado un poco más el tono de sus comentarios y estaban rindiendo cuenta de los últimos tacos. Maya puso las copas sobre la mesa, volvió a sentarse y terminó de comerse su taco mientras Brad y Daisy tomaban sorbos de sus tragos recién servidos.

—Esto sí que está potente, muchacha —le dijo Brad. La observó por encima del borde adornado con sal de la copa.

Maya alzó su copa, tomó un sorbo y le dijo:

—¿De veras?

—Sí, Brad. ¿Es que estás perdiendo tu hombría? —le dijo Daisy. Tomó un sorbo de su trago y el rostro se le retorció en una mueca al hacerlo, pero no dijo nada, aunque sintió que un temblor le recorría todo el cuerpo.

Ah, esto se está poniendo bueno, pensó Maya al ver que Brad y Daisy aceptaban el desafío y tomaban sus tragos, aunque sólo a pequeños sorbos y sólo cuando veían que el otro lo hacía. Era una batalla que se libraba cuidadosamente, cuyo objetivo fundamental era evitar emborracharse al punto de rodar debajo de la mesa.

Sólo habían tomado la cuarta parte de sus tragos, y Maya ya se había tomado todo el suyo, cuando ella decidió brindarse para prepararles más tragos. Los dos asintieron de buena gana. Mientras Maya tomó las copas, le echó una mirada a Daisy.

—No desperdicies la oportunidad. Voy a recoger la mesa y luego me voy a casa.

Daisy se sonrojó intensamente, pero no dijo nada y se limitó a asentir.

Como lo había prometido, Maya lo puso todo rápidamente en la lavadora de platos y les trajo a sus amigos nuevos tragos, esta vez sin alcohol. Se puso los zapatos, tomó su chaqueta y su bolso, se excusó y los dejó solos en el sofá de Daisy, tomando sus nuevos tragos.

Salió del condominio y comenzó a cubrir a pie la corta distancia hasta su casa. Apenas eran unas cuadras, pero cuando llegó a casa, los pies le dolían inmensamente debido a los tacones altos. Se dijo que nada le impediría prepararse de inmediato un buen baño caliente. Sin embargo, después de entrar, desactivar y volver a activar la alarma, notó la parpadeante luz de su contestador automático. Tenía un mensaje, y el corazón comenzó a latirle fuertemente mientras trataba de imaginarse de quién sería.

La voz de Alex, baja y con tono de lamento, la abrazó desde el contestador automático.

—Discúlpame, Maya. Sólo quería... sólo quería agradecerte por lo que hiciste hoy... y decirte que... —las palabras siguientes se oían tan bajas, que eran casi ininteligibles— te extraño.

El estrepitoso sonido de la máquina le indicó que había terminado el mensaje, pero aquellas palabras le habían indicado que no todo habría terminado necesariamente entre ellos. Lo que entonces se preguntaba era si estaba dispuesta a arriesgar su corazón de nuevo.

Esta vez, temía que la respuesta fuera negativa.

Alex no volvió a contactarla, y Maya pensó que tal vez se habría imaginado las últimas palabras que él le había dicho. Después de todo, si de veras la extrañaba, la habría llamado, ¿no?

En el trabajo, la semana transcurrió sin contratiempos, y el único problema era el inusitado silencio que había entre Daisy y Brad. Aunque Maya preguntó si había sucedido algo, Daisy mantuvo la reserva y le respondió que no pasaba nada, pero Maya notaba que su amiga estaba preocupada.

Brad estaba igual de reticente a hablar, y se limitó a replicar que había tenido un inmenso dolor de cabeza a la mañana siguiente y quiso saber cómo le había ido a Maya. Ella se sintió abrumada por el sentimiento de culpabilidad debido a su engaño, y se disculpó con Brad por preparar los tragos tan fuertes y le dijo la verdad.

Brad se rió y le dio un suave empujón por el brazo.

—Vamos, Maya. ¿De veras pensaste que Daisy y yo nos íbamos a creer que podías tolerar tanto alcohol? Después de los dos primeros sorbos, nos dimos cuenta de que la única manera de que estuvieras tomándote tu trago tan rápidamente sería que te lo hubieras preparado sin alcohol.

Entonces Brad se sonrojó y tosió, y Maya se preguntó por qué. Entonces él le cambió hábilmente el tema de conversación.

Maya se las arregló para sobrevivir a cada día que pasaba sin recibir una llamada. También se las arregló para sobrevivir al cambio que había tenido lugar entre Brad y Daisy y al interminable desfile de fotos que TJ había traído de su bebé, cada una de las cuales le hacía recordar los abrazos de Samantha. El martes, se sintió tentada de llamar por teléfono para preguntar cómo estaba Sam, pero se abstuvo de hacerlo, pues sabía que lo mejor sería romper limpiamente. Si Alex no la había contactado a ella, era porque no la quería en su vida. De modo que no tenían ningún sentido hacerle las cosas más difíciles a Samantha con una llamada.

Se dijo a sí misma que su introspección y su enojo eran los motivos del terrible dolor de cabeza con que se despertó el miércoles. Mientras se duchaba y se vestía, se sintió hipersensible, como si cada cosa que tocara o que escuchara fuera insoportable. Todo le parecía demasiado alto, o le daba demasiado escozor, o le parecía demasiado caliente o frío. Nada le parecía bien, y eran sólo las nueve de la mañana.

En el trabajo, le dijo a Jeany que no le pasara ninguna llamada y que no dejara entrar a nadie a menos que se tratara de algo urgente. Jeany no pudo ocultar su sorpresa ante esas instrucciones, ni ante el inusitado tono de brusquedad con que Maya se las había dado.

—¿Está usted bien? —le preguntó Jeany, con una pose y un tono de voz que hacían evidente su preocupación.

Maya accedió y reconoció que no estaba del todo bien.

—Me siento pésimamente —le dijo, lo cual sorprendió a Jeany.

—¿Qué tal si se recuesta en su sofá? Voy a prepararle un buen té, ¿de acuerdo?

Su tono de voz era suave y relajante, y por primera vez durante la mañana, Maya sonrió y asintió con la cabeza. Lamentó haber hecho ese movimiento, pues le comenzó de nuevo el dolor. Se pasó la mano por la frente y le murmuró a Jeany:

—Voy a acostarme.

Entró en la oficina, se quitó los zapatos y se hundió en los suaves cojines de su sofá. El forro de cuero la acogió suavemente, y Maya se imaginó que esa sería la sensación de volver a estar en el vientre materno. Una sensación suave y cálida. Cerró los ojos, respiró profundamente y se frotó un punto cerca de la cintura, donde sentía escozor.

Se levantó y se miró a la faja de la falda, preguntándose si tal vez habría olvidado cortar una de esas enojosas tiras de plástico que sostenían las etiquetas de precios, y que eso le estaría causando el molesto escozor. Sin embargo, no había nada y siguió sintiendo la picazón. Se rascó y alzó la vista al ver que se abría la puerta, esperando ver a Jeany.

No era Jeany, sino Daisy, que traía la taza de té prometida. Se le acercó, colocó la taza en la mesa de centro y se sentó en el mismo borde la mesa.

—¿Estás bien?

Maya asintió e hizo una mueca por el dolor de cabeza. Profirió un gemido, volvió a hundirse en el sofá y, sin prestar atención, siguió frotándose la cintura por encima de la faja de la falda.

Un segundo después, la increíblemente fresca mano de Daisy le acarició la frente.

—Maya, estás ardiendo. Carajo —protestó y llamó a Jeany para que trajera un termómetro.

Jeany acudió en un instante, con uno de los termómetros que usaban en el laboratorio.

Daisy lo analizó y se encogió de hombros.

—Parece que no tenemos mucho de dónde escoger —le dijo a Jeany.

Maya sólo escuchaba los murmullos de voces mientras Daisy le quitaba la chaqueta, le abría la blusa, y cuidadosamente le colocaba el termómetro en la axila. Se oyó una imprecación, de Daisy o de Jeany, y Maya abrió los ojos y se miró al estómago. Estaba cubierto con una gran erupción cuyo aspecto le resultaba muy conocido.

—Caray —protestó y cerró los ojos—. Me voy a poner como una gallina —musitó mientras el terrible dolor de cabeza le impedía pensar más racionalmente que eso.

Cuando Daisy le retiró el termómetro, se oyó otra imprecación y luego unas rápidas instrucciones a Jeany, pero ya Maya no entendía bien lo que se decía. En un torbellino de actividad, Daisy volvió a vestirla. Hubo un silencio durante un momento, seguido de duras palabras de enojo que le hirieron los oídos por su tono vehemente. Maya se tapó las orejas con las manos, profirió un gemido y se hundió más en el sofá, como si con eso pudiera evitar el ruido.

—Maya —la voz se parecía a la de Alex, pero Maya sabía que no podía ser él. Alex ya no estaba interesado en ella.

—Maya —repitió la voz y suavemente la hizo incorporarse en el sofá. Maya abrió los ojos y los entornó ante la intensidad de luz. La silueta del rostro de un hombre le llenaba su borroso campo visual.

—¿Alex? —preguntó y se dio cuenta de que tendría que estar agonizando si Brad se le estaba empezando a parecer a Alex.

—Cuidado, Mima —le advirtió él y de pronto Maya sintió que flotaba en el aire, cuando unos fuertes brazos la apretaron contra un sólido pecho.

Brad la sacó de la oficina hasta donde Daisy los esperaba en su auto, y se sentó con ella en el asiento trasero sin dejar de abrazarla y murmurándole tiernas palabras de aliento.

Maya se acurrucó contra él y pensó que su contacto era muy agradable, como el de Alex.

—Brad está sabroso, Daisy. Deberías probarlo —dijo Maya, con lo que se mereció unas respuestas ahogadas de los dos, pero en su estado actual, Maya no conseguía entender lo que le habían dicho.

Lo último que recordaba era que un médico la estaba examinando y que la luz de su pequeña linterna le parecía demasiado intensa y resplandeciente para su tamaño.

CAPÍTULO 18

Maya se volteó. La cama estaba demasiado dura y el cuarto, demasiado iluminado. La cabeza se le resistía a moverse, aunque no tanto como antes. Con un gemido, se tapó la cara con un brazo para bloquear la persistente claridad.

—¿Maya? —Tenía que estar soñando, pensó ella. Después de todo, Alex no tenía por qué estar en su cuarto. Probablemente era Brad de nuevo, y la mente aturdida de Maya le estaba haciendo trampas otra vez. Pero se volvió a oír la voz, y sonaba preocupada y muy real—. ¿Maya?

La joven abrió los ojos ante la luz, que le provocó algo así como un toque de tambores dentro de la cabeza.

—¿Alex? —preguntó, al darse cuenta de que no era un sueño y que no estaba en su casa. Al incorporarse rápidamente en la cama, sintió que el cuarto comenzaba a dar vueltas. En un santiamén, Alex se puso a su lado para sostenerla por la espalda, calmarla con sus caricias y ayudarla a sentarse mientras él ajustaba la posición de la cama de hospital.

—Nos tuviste preocupados durante toda la noche —le dijo él al tiempo que la recostaba contra las almohadas y se sentaba en el borde de la cama.

—¿Qué pasó? —preguntó ella mientras comenzaba a frotarse el abdomen. Entonces se dio cuenta de lo que era y miró a Alex a los ojos—. Tengo varicela.

—De la mala —dijo él con expresión de culpabilidad—. La fiebre te subió en muy poco tiempo. Cuando llegamos contigo al hospital era de treinta y nueve coma ocho grados, y como los de urgencias no pudieron hacer que bajara de inmediato, tuvimos que ingresarte.

Maya se pasó la mano por la frente.

—No me acuerdo de nada.

Alex le sirvió un vaso de agua y se lo alcanzó.

—No me sorprende, pues estabas ida. Toma, bebe un poco de agua. Necesitas rehidratarte para que te den de alta y podamos llevarte a casa.

Trató de tomar el vaso, pero retrocedió al sentirse jalada por el suero que tenía en el brazo. Hasta ese momento no lo había notado. Acomodó la manguera y comentó:

—Tengo que haber estado inconsciente de veras.

—Pasé por tu trabajo...

—¿Pasaste por mi trabajo? —le preguntó ella, sorprendida de que no se acordaba.

—Sí, pasé. Quería verte y darte una explicación —dijo Alex y suspiró profundamente mientras se pasaba una mano por el cabello—. Pero al llegar, me encontré con que Daisy estaba muriéndose de preocupación por ti. Te trajimos al hospital. Afortunadamente, ya ha pasado lo peor. Brad estuvo aquí un rato, con Daisy...

—Pobre Daisy. Ella no reacciona muy bien ante las enfermedades —comentó Maya, pero no dijo nada más, pues sabía que ése era uno de los temas sobre los que a su amiga no le gustaba hablar.

—Ya nos pudimos dar cuenta de eso. Tu amigo Brad la llevó a casa, y yo les prometí que los mantendría al tanto de tu situación. —Alex se inclinó hacia Maya y le colocó una mano sobre la frente—. Tal vez éste no sea el método más científico de comprobarlo —admitió él ante la mirada inquisitiva de Maya—, pero ya no te siento muy caliente.

Alex tomó el teléfono y le pidió a la enfermera que localizara al médico de la sala. Después volvió a marcar, y al escucharlo, Maya supo que estaba actualizando a Daisy o a Brad sobre el estado de ella.

—La llevaré a casa tan pronto como el doctor firme los papeles para darle de alta. Sam y yo nos quedaremos con ella para cuidarla.

Maya se rascó el brazo e hizo una mueca al ver la desagradable erupción. Cuando Alex colgó el teléfono, ella comenzó a protestar:

—No necesito que me cuiden. ¡Sé cuidarme sola!

—Te lo ordeno como médico —replicó Alex con claro tono de presunción.

—De ninguna manera —dijo Maya y, ante la mirada crítica de Alex, dejó de rascarse y comenzó a frotarse, pero eso apenas le aliviaba el escozor—. Además, no eres mi médico.

—Es cierto, pero estoy seguro de que cuando tu médico llegue, estará de acuerdo con mi opinión de experto de que no puedes quedarte sola en casa por si te vuelve a subir la fiebre. —Alex cruzó los brazos sobre el pecho, y aunque Maya detestaba reconocerlo, él tenía toda la razón.

—Daisy se puede encargar de cuidarme —lo contradijo ella, pero al ver que Alex enarcaba las cejas, Maya se dio cuenta de que aquello era imposible. Decir que Daisy no reaccionaba muy bien ante las enfermedades era muy poco decir.

Como comprendía eso, Maya propuso:

—Brad se puede encargar. Él no tiene problemas con nada.

Alex le lanzó una mirada fulminante y se inclinó hacia ella.

—Aunque Brad no tenga problemas con nada, si has pensado que puedo quedarme así como así ante la idea de que otro hombre te unte loción de calamina por todo ese delicioso cuerpo tuyo...

—No —balbuceó Maya y se sonrojó intensamente, lo cual la hizo preguntarse si le estaría volviendo la fiebre o si todo se debía a Alex y a los pensamientos que sus palabras le habían provocado. Entonces, determinó que seguramente ya se sentía mejor si podía tener semejantes pensamientos dándole vueltas en la cabeza en lugar de la confusión que tenía el día anterior—. Contrataré a una enfermera —dijo ella.

—¿Y vas a hacer que Samantha se sienta aún más culpable? —le respondió Alex—. Se considera culpable de haberte convertido en una gallina, como dice ella.

Maya se rió, frotándose alternativamente un brazo y el otro, y luego pasaba a frotarse el vientre.

—Recuerdo que ayer pensé eso. —Ante la inquisitiva mirada de Alex, le aclaró—: Que me había convertido en una gallina.

—Yo también lo pensé —reconoció él y le agarró las manos para que no se siguiera rascando—. Esta vez, tuve miedo de lo que sentía por ti. Temía que, si después resultabas ser como mi esposa, no podría sobrevivir a la idea de perderte.

Alex entrelazó sus dedos con los de ella, y le pasó los pulgares por encima de la erupción que le estaba saliendo en el dorso de las manos.

—Éste no es el lugar adecuado para este tipo de confesiones, ¿no es cierto?

Maya meneó la cabeza y le apretó las manos.

—Yo lo intenté, Alex. Sé que no lo crees así...

—Sí lo creo. Sé que en estas últimas semanas hiciste un gran esfuerzo por acomodarlo todo. Lo sabía, pero estaba demasiado... —meneó la cabeza y apartó la mirada—. No sé si era por orgullo, o por temor, o por pura estupidez. Lo que sé es que no me gustaba la idea de que algo más en tu vida fuera más importante que yo—ni más importante que Samantha.

Maya liberó sus dedos de entre los de él, alzó las manos y tomó a Alex por el mentón. Con suavidad, le movió la cabeza hasta que sus miradas se encontraron.

—Independientemente de lo importante que pueda ser mi trabajo, Samantha y tú siempre fueron lo principal en mi mente. Por eso hice el esfuerzo.

—Por eso fue que te fuiste de la reunión y fuiste a buscar a Sam —la interrumpió Alex—. A pesar de que sabías que nunca habías tenido la varicela.

—Ella me necesitaba, Alex. Eso era lo único importante — dijo Maya y lo atrajo suavemente para apoyar su frente sobre la de él—. Yo tenía que ocuparme de ella. Tenía que demostrarle que la quería y que me preocupaba por ella. Por ella y por ti —le dijo con ternura.

—Te necesito, Maya —susurró él. Maya sintió sobre sus labios el cálido aliento de Alex antes de que él le diera un beso tan tierno y cariñoso que casi la hizo llorar.

Se escuchó una discreta tos en el cuarto, los dos se separaron bruscamente y Alex saltó de la cama ante la presencia del médico. En la cara de éste, un hombre ya mayor, se veía una sonrisa divertida.

—Parece que ya se está sintiendo mejor —se mofó el médico mientras sacaba su estetoscopio y comenzaba a examinar a Maya—. Debe ser por las atenciones que le ha dado mi colega —dijo en son de burla, pero fue el único que se rió de su chiste mientras escuchaba el ritmo cardíaco de Maya.

El médico retiró el estetoscopio y se puso a tomarle el pulso y la temperatura.

—Está un poco elevada, pero no hay de qué preocuparse —dijo mientras retiraba el protector desechable del termómetro digital y lo lanzaba en la basura.

—Desafortunadamente, no la puedo enviar a casa si no hay alguien que pueda cuidarla —dijo el hombre, mirando alternativamente a uno y a la otra.

Alex dirigió su mirada hacia Maya y le puso una mano en el hombro.

—Yo me quedaré contigo, Maya. ¿Quieres irte a casa?

Maya sonrió y colocó una mano sobre la de él. —Definitivamente.

Alex se inclinó y tomó los labios de Maya en un apasionado beso, haciendo caso omiso de la risita burlona de su colega al retirarse.

—Voy a tener que probar este nuevo estilo de medicina con mi esposa.

EPÍLOGO

La música de órgano llenaba el salón de bailes del hotel, y hacía eco en las paredes. Al ritmo del Concierto de Brandemburgo, seleccionado por Maya, avanzaba muy tiesa Samantha por el pasillo alfombrado y, al pasar entre los invitados que esperaban la entrada de la novia, lanzaba pétalos de rosa de color amarillo y rosado de la cesta que llevaba. Al llegar al final del corredor, alcanzó corriendo a su padre y, tras recibir un abrazo suyo, le cubrió su negro cabello con un puñado de pétalos. Él la volvió a poner en el suelo y ella fue corriendo hasta la parte de la plataforma donde debía ir la novia, rodeada de cestas de rosas amarillas y rosadas para la ocasión.

Samantha se quedó allí a la expectativa, y se inclinaba para atisbar por el corredor y seguir así el paso del resto de la comitiva nupcial. Jeany, Violeta y Blanca, la hermana menor de Alex, ataviadas con trajes rosados de damas de honor, fueron las siguientes en llegar y ocuparon sus sitios junto a Samantha, rodeándola todas como hadas madrinas para asegurarse de que se mantuviera quieta.

Alex miró a un lado y se percató del interés de su hermano menor en Jeany. Tomó nota mentalmente de que tendría que presentarle su padrino de boda a la joven secretaria, de modo que súbitamente se sintió como Cupido, con deseos de que todos fueran tan felices como él. Alex observó las miradas de adoración que TJ le dirigía a su esposa, y el corazón se le llenó de emoción. Pronto él podría mirar así a su propia esposa y, para ser sincero, estaba ansioso por que llegara el momento de verla embarazada con su hijo.

Se escuchó una tos ahogada de Brad, y Alex alzó la vista

justo en el momento en que Daisy terminaba de pasar. Estaba ataviada con un traje amarillo pálido que le resaltaba su atractivo tono de piel, con la tonalidad cremosa del dulce de leche, y su oscura cabellera. Se oyó un suspiro, y al voltearse, Alex se dio cuenta de que también provenía de Brad. Sintió lástima por el hombre, quien era evidente que estaba perdidamente enamorado de ella.

Entonces hubo una breve pausa en la música y se notó un movimiento entre los invitados al final del salón. El corazón de Alex comenzó a latir con más fuerza, pues él sabía lo que aquello significaba. Avanzó un paso, deseoso de ir al encuentro de la novia, pero dos manos le impidieron moverse del lugar. —Tranquilo, mano —le susurró su hermano—. No debes parecer tan precipitado.

—Claro, viejo —se le sumó Brad—. No le des a entender que te tiene en un puño.

Pero así era como lo tenía. Se liberó de las manos que lo sujetaban y avanzó hasta el borde del pasillo, a apenas unos pasos de Daisy. Desde allí podía ver a Maya acercarse por el corredor con su padre y su madre a cada lado de ella. Maya no quiso llevar un velo completo, sino solamente un sombrero pequeño con un viso de tul que le caía sobre un lado de la cara. Éste no ocultaba la amplia sonrisa de Maya cuando lo vio, ni el amor que expresaban sus ojos.

Alex miró hacia Daisy, y se sorprendió al notar aprobación en sus ojos. Ella le sonrió y le asintió con la cabeza.

Fue menos de un minuto, pero a Maya se le antojaron horas mientras avanzaba a pasos cortos y medidos de los brazos de sus padres. Tras dar otro par de lentos pasos, se detuvo frente a Alex y a Daisy. Ante una ligera presión en el brazo de parte de su padre, Maya se volvió hacia él y le dio un beso. Su madre pasó por detrás de ella, se colocó junto a su padre un segundo después, y Maya también la abrazó y la besó.

Dio otro paso, los dejó atrás y se dirigió hacia Daisy para entregarle el ramo de rosas multicolores de tonos pastel. Abrazó a su madrina, se arrodilló y le indicó a Samantha que se acercara.

La pequeña obedeció gustosamente y soltó la cesta de flores

para tomar la mano de Maya. Juntas, recorrieron los últimos pasos hasta donde esperaba Alex, quien se veía tan apuesto con su esmoquin negro, que a Maya se le entrecortó la respiración.

Alex le extendió una mano y ella la tomó, sin soltar la de Samantha.

La mirada de Alex se encontró con la suya y él le sonrió.

—Tú siempre sabes lo que es mejor para ti, mi amor. Esta vez, yo también lo sé.

La música fue en crescendo y luego bajó de volumen para que el ministro pudiera comenzar la ceremonia. Sin embargo, antes de que pudiera articular palabra, una sabia vocecita dijo:

—Maya nos quiere a papi y a mí. Somos una familia.

Maya le echó una mirada a Alex y se sonrió, pues sabía que lo que estaban compartiendo en ese momento era lo mejor que habían experimentado en toda la vida, y que el futuro sería incluso mejor.

¡BUSQUE ESTAS NOVELAS DE ENCANTO!

__Sueños de Isabela
por Tracy Montoya **$3.99**US/**$4.99**CAN
Por amor de la arqueología Isabela Santana perdió el amor de Mateo Esquivel. Ahora, en plena selva de Honduras, están pasando largos días y noches en la calurosa tierra tropical. Pronto unas preciosas reliquias mayas son descenterrades—como así también la salvaje passión enterrada que ninguno de los dos puede negar . . .

__Destino: Amor
por Reyna Ríos **$3.99**US/**$4.99**CAN
Aislada en una ciudad remota de Texas, la madre soltera Josie Hernández quiere mostrarles a todos que puede cuidar a sí misma y a su hijo sin la ayuda de nadie—¡especialmente de Rafael Santos! Pero Josie no tiene la menor idea que el sheriff oscila entre querer que ella desaparezca . . . y desearla en su cama.

__Primer amor
por erica Fuentes **$3.99**US/**$4.99**CAN
Veinte años después de que Gina Ramón amó—y perdió—a Miguel López Garza, ella se reúne con quién nunca más pensaba volver a ver. Aunque el guapo y exitoso Miguel podría tener cualquier mujer que él quisiera, anhela casarse con Gina. Pero todo hace pensar que se le escapará una vez más . . .

__La Conquista
por Lara Ríos **$3.99**US/**$4.99**CAN
Cuando Tess Romero y su compañero de trabajo Logan Wilde se van a la lejana Patagonia para finalizar un acuerdo de negocios, ellos pronto son arrebatados por un romance a bordo del buque. La pasíon ardiente lo hace demasiado fácil a tess y Logan olvidar la dura realidad del mundo de negocios que los espera—un mundo en el cual solamente uno de los dos puede sobrevivir . . .

Por favor utilice el cupón en la próxima página para solicitar estos libros.